Theodor Storm

# Die Söhne des Senators

# Zur »Wald- und Wasserfreude«

Theodor Storm: Die Söhne des Senators / Zur »Wald- und Wasserfreude«

Die Söhne des Senators:
  Erstdruck in: Deutsche Rundschau (Berlin), Oktober 1880.
Zur Wald- und Wasserfreude:
  Erstdruck in »Deutsche Rundschau«, Nr.18, 1879. S. 331–168.

Neuausgabe mit einer Biographie des Autors
Herausgegeben von Karl-Maria Guth
Berlin 2016

Der Text dieser Ausgabe folgt:
Theodor Storm: Sämtliche Werke in vier Bänden. Herausgegeben von
Peter Goldammer, 4. Auflage, Berlin und Weimar: Aufbau, 1978.
Theodor Storm: Sämtliche Werke in vier Bänden. Herausgegeben von
Peter Goldammer, Berlin und Weimar: Aufbau, 1967.

Die Paginierung obiger Ausgaben wird hier als Marginalie zeilengenau
mitgeführt.

Umschlaggestaltung von Thomas Schultz-Overhage unter Verwendung
des Bildes: George Harvey, Rechtsanwalt mit einem Mandanten, 1827

Gesetzt aus der Minion Pro, 11 pt

Verlag: Henricus - Edition Deutsche Klassik GmbH
Mörchinger Str. 33, 14169 Berlin, info@henricus-verlag.de
Druck: Libri Plureos GmbH, Friedensallee 273, 22763 Hamburg

Die Ausgaben der Sammlung Hofenberg basieren auf zuverlässigen
Textgrundlagen. Die Seitenkonkordanz zu anerkannten Studienausgaben
machen Hofenbergtexte auch in wissenschaftlichem Zusammenhang
zitierfähig.

ISBN 978-3-86199-786-3

Bibliografische Information der Deutschen Nationalbibliothek

Die Deutsche Nationalbibliothek verzeichnet diese Publikation in der
Deutschen Nationalbibliografie; detaillierte bibliografische Daten sind
im Internet über www.dnb.de abrufbar.

# Die Söhne des Senators

Der nun längst vergessene alte Senator Christian Albrecht Jovers, dessen Sarg bei Beginn dieser einfachen Geschichte schon vor mehreren Jahren die stille Gesellschaft der Familiengruft vermehrt hatte, war einer der letzten größeren Kaufherren unserer Küstenstadt gewesen. Außer seiner Witwe, der von klein und groß geliebten Frau Senatorn, hatte er zwei Söhne hinterlassen, von denen er den ältesten, gleichen Namens mit ihm, kurz vor seinem Tode als Kompagnon der Firma aufgenommen hatte, während für den um ein Jahr jüngeren Herrn Friedrich Jovers am selben Orte ein durch den Tod des Inhabers frei gewordenes Weingeschäft erworben war.

Dem alten, nun in Gott ruhenden Herrn war derzeit der Ruf gefolgt, daß er in seinem Hause, selbst gegen seine im vorgeschrittenen Mannesalter stehenden Söhne, die Familiengewalt mit Strenge, ja oft mit Heftigkeit geübt habe; nicht minder aber, daß er ein Mann gewesen sei, stets eingedenk der Würde seiner Stellung und des wohlerworbenen Ansehens seiner Voreltern, mit einem offenen Herzen für seine Vaterstadt und alle reputierlichen Leute in derselben, mochten sie in den großen Giebelhäusern am Markte oder in den Katen an den Stadtenden wohnen. Beim Jahreswechsel mußte ohnfehlbar der Buchhalter und Kassierer Friedebohm einen gewichtigen Haufen dänischer und holländischer Dukaten in einzelne Päckchen siegeln, sei es zu Ehrengeschenken für die Prediger, für Kirchen- und Schulbediente oder für am Orte wohnende frühere Dienstboten als ein Beitrag zu den Kosten der verflossenen Feiertage; ebenso sicher aber war auch dann schon vor Einbruch der schlimmsten Wintersnot ein auf dem nahe liegenden Marschhofe des Senators fettgegraster Mastochse für die Armen ausgeschlachtet und verteilt worden. So stand denn nicht zu verwundern, daß die Mitbürger des alten Herrn, wenn sie ihm bei seinen seltenen Gängen durch die Stadt begegneten, stets mit einer Art sorglicher Feierlichkeit ihren Dreispitz von der Perücke hoben, auch wohl erwartungsvoll hinblickten, ob bei dem Gegengruße ein Lächeln um den streng geschlossenen Mund sich zeige.

Das Haus der Familie lag inmitten der Stadt in einer nach dem Hafen hinabgehenden Straße. Es hatte einen weiten, hohen Flur mit breiter Treppe in das Oberhaus, zur Linken neben der mächtigen Haustür das

Wohnzimmer, in dem langgestreckten Hinterhause die beiden Schreibstuben für die Kaufmannsgesellen und den Prinzipal; darüber, im oberen Stockwerk, lag der nur bei feierlichen Anlässen gebrauchte große Festsaal. Auch was derzeit sonst an Raum und Gelaß für eine angesehene Familie nötig war, befand sich in und bei dem Hause; nur eines fehlte: es hatte keinen Garten, sondern nur einen mäßig großen Steinhof, auf welchen oben die drei Fenster des Saales, unten die der Schreibstuben hinaussahen. Der karge Ausblick aus diesem Hofe ging über eine niedrige Grenzmauer auf einen Teil des hier nicht breiteren Nachbarhofes; der Nachbar selber aber war Herr Friedrich Jovers, und über die niedrige Mauer pflegten die beiden Brüder sich den Morgengruß zu bieten.

Gleichwohl fehlte es der Familie nicht an einem stattlichen Lust- und Nutzgarten, nur lag er einige Straßen weit vom Hause; doch immerhin so, daß er, wie man hier sich ausdrückt, »hintenum« zu erreichen war. Und für den vielbeschäftigten alten Kaufherrn mag es wohl gar eine Erquickung gewesen sein, wenn er spätnachmittags am Westrande der Stadt entlangwandelte, bisweilen anhaltend, um auf die grüne Marschweide hinabzuschauen oder, wenn bei feuchter Witterung der Meeresspiegel wie emporgehoben sichtbar wurde, darüber hinaus nach den 272 Masten eines seiner auf der Reede ankernden Schiffe. Er zögerte dann wohl noch ein Weilchen, bevor er sich wieder in die Stadt zurückwandte; denn freilich galt es, von hier aus nun noch etwa zwanzig Schritte in eine breite Nebengasse hineinzubiegen, wo die niedrigen, aber sauber gehaltenen Häuser von Arbeitern und kleinen Handwerkern der hereinströmenden Seeluft wie dem lieben Sonnenlichte freien Eingang ließen. Hier wurde die nördliche Häuserreihe von einem grünen Weißdornzaune und dieser wiederum durch eine breite Staketpforte unterbrochen. Mit dem schweren Schlüssel, den er aus der Tasche zog, schloß der alte Herr die Pforte auf, und bald konnte man ihn auf dem geradlinigen, mit weißen Muscheln ausgestampften Steige in den Garten hineinschreiten sehen, je nach der Jahreszeit den weißen Kopf seitwärts zu einer frisch erschlossenen Provinzrose hinabbeugend oder das Obst an den jungen, in den Rabatten neu gepflanzten Bäumen prüfend.

Der zwischen Buchseinfassung hinlaufende breite Steig führte nach etwa hundert Schritten zu einem im Zopfstil erbauten Pavillon; und es war für die angrenzende Gasse allemal ein Pest, wenn an Sonntagnachmittagen die Familie sich hier zum Kaffee versammelt hatte und dann beide Flügeltüren weit geöffnet waren. Der alte Andreas, welcher dicht am Garten wohnte, hatte an solchen Tagen schon in der Morgenfrühe oder vorher, am Sonnabend, alle Nebensteige geharkt und Blumen und Gesträuche sauber aufgebunden. Weiber mit ihrem Nachwuchs auf den Armen, halbgewachsene Jungen und Mädchen drängten sich um die Pforte, um durch deren Stäbe einen Blick in die patrizischen Sommerfreuden zu erhaschen, mochten sie nun das blinkende Service des Kaffeetisches bewundern oder Schärferblickende die nicht übel gemalte tanzende Flora an der Rückwand des Pavillons gewahren und nun lebhaft dafür eintreten, daß diese fliegende Dame das Bild der guten Frau Senatorn in ihren jungen Tagen vorstelle. Die ganze Freude der Jugend aber war ein grüner Papagei aus Kuba, der bei solchen Anlässen als vieljähriger Haus- und Festgenosse vor den Türen des Pavillons seinen Platz zu finden pflegte. Auf seiner Stange sitzend, pfiff er bald ein heimatliches Negerliedchen, bald, wenn von der Pforte her zu viele Finger und blanke Augen auf ihn zielten, schrie er flügelschlagend ein fast verständliches Wort zu der Gassenbrut hinüber. Dann frugen die Jungen untereinander: »Wat seggt he? Wat seggt de Papagoy?« Und immer war einer dazwischen, welcher Antwort geben konnte. »Wat he seggt? – ›Komm röwer!‹ seggt he!« – Dann lachten die Jungen und stießen sich mit den Ellenbogen, und wenn Stachelbeeren an den Büschen oder Eierpflaumen an den Bäumen hingen, so hatten sie zum Herüberkommen gewiß nicht übel Lust. Aber das war schwerlich die Meinung des alten Papageien; denn wenn Herr Christian Albrecht, sein besonderer Gönner, mit einem Stückchen Zucker an die Stange trat, so schrie er ebenfalls: »Komm röwer!« Er hatte dasselbe schon geschrien, als ein alter Kapitän ihres Vaters den Knaben Friedrich und Christian Albrecht den fremden Vogel zum Geschenke brachte; und als auch sie ihn damals frugen: »Wat seggt de Papagoy?«, da hatte der alte Mann nur lachend erwidert: »Ja, ja, se hebbt upt Schipp em allerlei dumm Tüges lehrt!« Der Himmel mochte wissen, was der Vogel mit seinem plattdeutschen Zuruf sagen wollte!

Mitunter ging auch wohl die kleine, freundliche Frau Senatorn mit ihrer Kaffeetasse in der Hand den Steig hinab, um die Enkelinnen des alten Andreas mit einer Frucht oder einem Sonntagsschilling zu erfreuen; dann putzten die Weiber ihren Säuglingen rasch die Näschen, die Jungen aber blieben grinsend stehen: sie wußten zu genau, daß die gute Dame es mit der Verwandtschaft zum Andreas nicht allzu peinlich nahm. Ebenso geschah es mit Herrn Christian Albrecht, denn er glich seiner Mutter an froher Leichtlebigkeit; er kannte die Buben all bei Namen und erzählte ihnen von dem Papageien die wunderbarsten und ergötzlichsten Geschichten. Anders, wenn der alte Kaufherr mit seiner holländischen Kalkpfeife auf den Steig hinaustrat; dann zogen sich alle ausgestreckten Finger zwischen den Stäben der Pforte zurück, und alt und jung schaute in ehrerbietigem Schweigen auf ihn hin; war es aber Herr Friedrich Jovers, der den Steig herabkam, so waren plötzlich mit dem Rufe: »De junge Herr!« alle Jungen zu beiden Seiten der Pforte hinter dem hohen Zaun verschwunden, denn der unbequeme Verkehr mit Kindern lag nicht in seiner Art; wohl aber hatte er einmal einen der größeren Jungen derb geschüttelt, als dieser eben von der Gasse aus mit seinem Flitzbogen auf einen im Garten singenden Hänfling schießen wollte.

– – Diese Familienfeste waren nun vorüber. – Der nördliche, hinter dem Pavillon liegende Teil des Gartens grenzte an den schon außerhalb der Stadt liegenden Kirchhof, und hier, in der von seinem Vater erbauten Familiengruft, ruhte der alte Kaufherr und Senator von seiner langen Lebensarbeit; mit dem Liede »O du schönes Weltgebäude« hatten die Gelehrten- und die Bürgerschule ihn zu Grabe gesungen, denen beiden, oft im Kampfe mit seinem Schwager, dem regierenden Bürgermeister, er zeitlebens ein starker Schutz und Halt gewesen war. Hier ruhte seit kurzem auch die freundliche Frau Senatorn, nachdem noch kurz zuvor Herr Christian Albrecht eine ihr gleichgeartete, rosige Schwiegertochter in das alte Haus geführt hatte. »Du brauchst mich nun nicht weiter«, hatte sie lächelnd zu dem trostbedürftigen Sohne gesagt; »in der da hast du mich ja wieder, und noch jung und hübsch dazu!« Und dann hatte auch sie die Augen geschlossen, und viele Augen hatten um sie geweint, und ihr sie verehrender Freund, der alte Kantor van Essen, hatte bei ihrem Begräbnis mit einer eigens dazu komponierten Trauermusike aufgewartet.

Der Kirchhof war durch einen niedrigen Zaun von dem Garten getrennt, und Herr Christian Albrecht hatte sonst, ohne viele Gedanken, darüber weg auf den unweit belegenen Überbau der Gruft geblickt; seitdem aber sein Vater darunter ruhte, wer ihm unwillkürlich der Wunsch gekommen, daß eine hohe Planke oder Mauer hier die Aussicht schließen möchte. Nicht, daß er die Grabstätte seines Vaters scheute; nur vom Garten aus wollte er sie nicht vor Augen haben; wenn ihn

274

275

sein Herz dahin trieb, so wollte er auf dem Umwege der Gassen und auf dem allgemeinen Totengang dahin gelangen. Er hatte diese Gedanken wohl auch gegen seinen Bruder ausgesprochen; er hatte sie dann über sein junges Eheglück vergessen; als aber jetzt auch der Leichnam der ihm herzverwandten Mutter unter jenen schweren Steinen lag, waren sie aufs neue hervorgetreten.

Allein zunächst galt es, sich mit dem Bruder über den elterlichen Nachlaß zu vereinigen; es war ja noch unbestimmt, in wessen Hand der Garten kommen würde.

An einem Sonntagvormittage im November gingen die beiden Brüder, Herr Christian Albrecht und Herr Friedrich Jovers, in dem großen, ungeheizten Festsaale des Familienhauses schweigend auf und ab. Die Morgensonne, welche noch vor kurzem durch die kleinen Scheiben der drei hohen Fenster hineingeschienen hatte, war schon fortgegangen, die großen Spiegel an den Zwischenwänden standen fast düster zwischen den grauseidenen Vorhängen. Fast behutsam traten die Männer auf, als wollten sie in dem weiten Gemache den Widerhall nicht wecken; endlich blieben sie vor einer zierlichen Schatulle mit Spiegelaufsatz stehen, dessen reichvergoldete Bekrönung aus einer von Amoretten gehaltenen Rosengirlande bestand. »Hm«, sagte Christian Albrecht, »Mama selig, als sie in ihren letzten Jahren einmal ihren Muff hier aus der Schublade nahm, da nickte sie dem einen Spiegel zu; ›du Schelm‹, sagte sie, ›wo hast du das schmucke Antlitz hingetan, das du mir sonst so eifrig vorgehalten hast! Nun guck einmal, Christian Albrecht, was itzo da herausschaut!‹ Die alte, heitere Frau, dann gab sie mir die Hand und lachte herzlich.«

Die beiden Brüder blickten auf das stumme Glas: kein junges Antlitz blickte mehr heraus; auch nicht das liebe alte, das sie besser noch als jenes kannten. Schweigend gingen sie weiter; sie legten fast wie mit Ehrfurcht ihre Hand bald auf das eine, bald auf das andere der umherstehenden Geräte, als wäre es noch in ihrer Knabenzeit, wo ihnen der Eintritt hier nur bei Familienfesten und zur Weihnachtszeit vergönnt gewesen war. Wie damals war unter der schweren Stuckrosette der Gipsdecke das stille Blitzen der großen Kristallkrone; wie damals hingen über dem Kanapee, den Fenstern gegenüber, die lebensgroßen Brustbilder der Eltern in ihrem Brautstaate, daneben in höherem Alter die der

Großeltern, deren altmodische Gestalten ihnen in der Dämmerung ihrer frühesten Jugendzeit entschwanden.

»Christian Albrecht«, sagte der Jüngere, und der vom Vater ererbte strenge Zug um den Mund verschwand ein wenig; »hier darf nichts gerückt werden.«

»Ich meine auch nicht, Friedrich.«

»Es verbleibt dir sonach mit dem Hause.«

»Und der Papagei? Den haben wir vergessen.«

»Ich denke, der gehört auch mit zum Hause.«

Christian Albrecht nickte. »Und du nimmst dagegen das beste Tafelsilber und das Sèvresporzellan, das hierneben in der Geschirrkammer steht!«

Friedrich nickte; eine Pause entstand.

»So wären wir denn mit unserer Teilung fertig!« sagte Christian Albrecht wieder.

Friedrich antwortete nicht; er stand vor den Familienbildern, als ob er eingehend sie betrachten müsse; sein Kopf drückte sich immer weiter in den Nacken, bis der schwarzseidene Haarbeutel im rechten Winkel von dem schokoladefarbenen Rocke abstand. »Es ist nur noch der Garten«, sagte er endlich, als ob er etwas ganz Beiläufiges erwähne.

Aber in des Bruders sonst so ruhigem Antlitz zuckte es, wie wenn ein lang Gefürchtetes plötzlich ausgesprochen wäre. »Den Garten könntest du mir lassen«, sagte er beklommen; »die Auslösungssumme magst du selbst bestimmen!«

»Meinst du, Christian Albrecht?«

»Ich meine es, Friedrich. Du sagst es selbst, du seiest ein geborener Hagestolz; – aber ich und meine Christine, unsere Ehe wird gesegnet sein! Hier haben wir nur den engen Steinhof; bedenk es, Bruder, wo sollen wir mit den lieben Geschöpfen hin? Und dann – du selber! Im Pavillon, an den Sonntagnachmittagen! Du wirst doch lieber deine junge Schwägerin als deine bärbeißige Witwe Antje Möllern unserer Mutter Kaffeetisch verwalten sehen!«

»Deinen Kindern«, erwiderte der andere, ohne umzublicken, »wird mein Garten nicht verschlossen sein.«

»Das weiß ich, lieber Friedrich; aber Kinderhände in meines ordnungliebenden Herrn Bruders Ranunkel- und Levkojenbeeten!«

Friedrich antwortete hierauf nicht. »Es ist ein Kodizill zu unseres Vaters Testament gewesen«, sagte er, als spräche er es zu den Bildern oder zu der Wand ihm gegenüber, »danach sollte mir der Garten werden; die Auslösungssumme ist mir nicht bekannt geworden, die magst du bestimmen oder sonst bestimmen lassen.«

Der Ältere nahm fast gewaltsam seines Bruders Hand. »Du weißt es von unserer seligen Mutter, daß unser Vater da sie das Schriftstück einmal in die Hand bekam, ausdrücklich ihr geheißen hat: ›Zerreiße es; die Brüder sollen sich darum vertragen.‹«

»Es ist aber nicht zerrissen worden.«

»Das weiß ich wohl; es trat im selben Augenblick ein Fremder in das Zimmer, und derohalben unterblieb es damals; aber später, am Tage nach selig Vaters Begräbnis, hat unsere Mutter den Willen des Verstorbenen ausgeführt.«

»Das war ein volles Jahr nachher.«

»Friedrich, Friedrich!« rief der Ältere. »Willst du verklagen, was unsere Mutter tat!«

»Das nicht, Christian Albrecht, aber Mama selig versierte in einem Irrtum; sie war nicht mehr befugt, das Schriftstück zu zerreißen.«

Auf dem Antlitz des älteren Bruders stand es für einen Augenblick wie eine ratlose Frage; dann begann er in dem weiten Saale auf und ab zu wandern, bis er mit ausgestreckten Armen in der Mitte stehenblieb. »Gut«, sagte er, »du wünschest den Garten, wir beide wünschen ihn! Aber dabei soll unseres Vaters Wort in Ehren bleiben; teilen wir, wenn du es willst, daß jeder seine Hälfte habe!«

»Und jeder ein verhunztes Stück bekäme!«

»Nun denn, so losen wir! Laß uns hinuntergehen, Christine kann die Lose machen!«

Herr Friedrich hatte sich umgewandt; sein dem Bruder zugekehrtes Antlitz war bis über die dichten Augenbrauen hinauf gerötet. »Was mein Recht ist«, sagte er heftig, »das setze ich nicht aufs Los.«

In diesem Augenblicke klang das Negerlied des Papageien aus dem Unterhaus herauf; ein alter Diener hatte die Tür des Saales geöffnet: »Madame läßt bitten; es ist angerichtet.«

»Gleich! Sogleich!« rief Christian Albrecht. »Wir werden gleich hinunterkommen!«

Der Diener verschwand; aber die Herren kamen nicht.

Nach einer Viertelstunde trat unten aus dem Wohnzimmer eine jugendliche Frau mit leicht gepudertem Köpfchen auf den Flur hinaus; behende erstieg sie die breite Treppe bis zur Hälfte und rief dann nach dem Saal hinauf: »Seid ihr denn noch nicht fertig? Friedrich! Christian Albrecht! Soll denn die Suppe noch zum dritten Mal zu Feuer?«

Es erfolgte keine Antwort; aber nach einer Weile, während der Stöckelschuh der hübschen Frau ein paarmal ungeduldig auf der Stufe aufgeklappert hatte, wurde oben die Saaltür aufgestoßen, und Friedrich kam allein die Treppe herab.

Die junge Frau Senatorin – denn ihr Eheliebster war kürzlich seinem Vater in dieser Würde nachgefolgt – sah ihn ganz erschrocken an. »Friedrich!« rief sie, »wie siehst du aus? Und wo bleibt Christian Albrecht?«

Aber der Schwager stürmte ohne Antwort an ihr vorüber. »Wünsche wohl zu speisen!« murmelte er und stand gleich darauf schon unten an der Haustür, die Klinke in der Hand.

Sie lief ihm nach. »Friedrich! Friedrich, was fällt dir ein? Dein Leibgericht, perdrix aux truffes!«

Aber er war schon auf der Gasse, und durch das Flurfenster sah sie ihn seinem Hause zueilen. »Nun sieh mir einer diesen Querkopf an!« Und sie schüttelte ihr Köpfchen und stieg nachdenklich die Treppe wieder hinauf. Als sie die Tür des Saales öffnete, sah sie den jungen Herrn Senator, die Hände in den Rockschößen, vom andern Ende des Gemaches herschreiten, so ernsthaft vor sich auf die Dielen schauend, als wolle er die Nägelköpfe zählen.

»Christian! Christian Albrecht!« rief sie, als er vor ihr stand.

Als er den Klang ihrer Stimme hörte und, den Kopf erhebend, ihr in die kinderblauen Augen sah, gewannen seine Züge die gewohnte Heiterkeit zurück. »Gehen wir zu Tisch, Madame!« sagte er lächelnd. »Bruder Friedrich muß nun heute mit der Frau Witwe Antje Möllern speisen; aber ich habe denn doch auch meinen Kopf, und – unseres Vaters Wort muß gelten!«

Damit bot er seiner erstaunten Frau den Arm und führte sie die Treppe hinab und zu Tische.

Das Wiederkommen hatte indessen gute Weile; vierzehn Tage waren verflossen, und Herr Friedrich hatte seinen Fuß noch nicht wieder über die Schwelle des Familienhauses gesetzt. Gleich am ersten Morgen nach jenem verfehlten Mittage war Christian Albrecht wiederholt auf seinen Steinhof hinausgegangen, um wie sonst über die niedrige Grenzmauer seinem Bruder den Morgengruß zu bieten; aber von Herrn Friedrich war nichts zu sehen gewesen; ja, eines Morgens hatte Herr Christian Albrecht ganz deutlich den Schritt des Bruders aus der in einem Winkel verborgenen Hoftür kommen hören: als ihn aber im selben Augenblicke ob einer in der Alteration zu scharf genommenen Prise ein lautes Niesen anfiel, hörte er gleich darauf die Schritte wieder umkehren und die ihm unsichtbare Hoftür zuschlagen.

Herr Christian Albrecht wurde ganz still in sich bei dieser Lage der Dinge; nur mit halbem Ohre lauschte er, wenn, um ihn aufzumuntern, die hübsche Frau Senatorin sich in der Dämmerstunde ans Klavier setzte und ihm die allerneusten Lieder: »Beschattet von der Pappelweide« und »Blühe, liebes Veilchen«, eines nach dem andern mit ihrer hellen Stimme vorsang.

Er hatte gegen sie nach der ersten Mitteilung »der kleinen Differenze« kein Wort über den Bruder mehr geäußert; endlich aber, eines Morgens, da die Eheleute beim Kaffee auf dem Kanapee beisammensaßen, legte die Frau Senatorin sanft ihre kleine Hand auf die des Mannes. »Siehst du nun«, sagte sie leise, »er kommt nicht wieder; ich hab es gleich gesagt.«

»Hm, ja, Christinchen; ich glaub es selber fast.«

»Nein, nein, Christian Albrecht; es ist ganz gewiß, er kommt nicht wieder; er kann nicht wiederkommen; denn er ist ein Trotzkopf!«

Christian Albrecht lächelte; aber zugleich stützte er den Kopf in seine Hand. »Ja freilich, das ist er; das war er schon als kleiner Knabe; ich und das Kindermädchen tanzten dann um ihn herum und sangen: ›Der Bock, der Bock! O jemine, der Bock!‹, bis er zuletzt einen Kegel oder ein Stück von seinem Bauholz aufgriff und damit nach unseren Köpfen warf; am liebsten warf er noch mit seinem Bauholz! Aber Christinchen – wenn's Herz nur gut ist!«

»Nicht wahr?« rief die hübsche Frau und sah ihrem Mann mit lebhafter Zärtlichkeit ins Antlitz, »ein gutes Herz hat unser Friedrich, und deshalb – ich meine, du könntest zu ihm gehen; du bist kein Trotzkopf, Christian Albrecht, du hast es leichter in der Welt!«

Der Senator streichelte sanft die geröteten Wangen seiner Eheliebsten.

»Was ich für eine kluge Frau bekommen habe!« sagte er neckend.

»Ei was, Christian Albrecht, sag lieber, daß du zu deinem armen Bruder gehen willst!«

»Arm, Christinchen? – Eine sonderbare Armut, wenn einer alles Recht für sich allein verlangt! Aber du sollst schon deinen Willen haben; heut abend oder schon heute nachmittag...«

»Warum nicht schon heut vormittag?«

»Nun, wenn du willst, auch heute vormittag!«

»Und du bist versöhnlich, du gibst nach?«

»Das heißt, ich gebe ihm den Garten?«

Sie nickte: »Wenn es sein muß! Doch lieber, als daß ihr im Zorne auseinandergeht!«

»Und, Christinchen, unsere Kinder? Sollen sie mit den Hühnern hier auf dem engen Steinhof laufen?«

»Ach, Christian Albrecht!« Und sie fiel ihm um den Hals und sagte leise: »Wir sind so glücklich, Christian Albrecht!«

Während bald darauf der junge Kaufherr über den Flur nach seinen Geschäftsräumen im Hinterhause schritt, hatte im Wohnzimmer seine Frau sich an das Fenster gesetzt; an einem möglichst kleinen Häubchen strickend, schaute sie über die Straße nach dem gegenüberliegenden Nachbarhause, mehr nur, wie es schien, um bei dem inneren Gedankentausche doch irgendwohin die Augen zu richten. Jetzt aber sah sie Frau Antje Möllern in Futterhemd und Schürze über die Straße schreiten und mit der Frau Nachbarn Jipsen, die soeben auch aus ihrem Hause trat, sich auf eine der steinernen Beischlagsbänke setzen. Frau Antje Möllern war die Erzählende, wobei sie sehr vergnügt und triumphierend aussah und mehrmals mit einer schwerfälligen Bewegung ihres dicken Kopfes nach dem elterlichen Hause ihres Herrn hinüberwinkte. Frau Nachbarn Jipsen schlug zuerst ihre Hände, wie vor Staunen, klatschend ineinander; dann aber nickte sie wiederholt und lebhaft; auch ihr schienen die Dinge, um die es sich handelte, ausnehmend zu gefallen; und bald, während das eifrigste Wechselgespräch im Gange war, zuckten und deuteten die Köpfe und Hände der beiden Weiber in keineswegs respektvoller Gebärde nach dem altehrwürdigen Kaufmannshaus hinüber.

Die junge Frau am Fenster wurde denn doch aufmerksam: die da drüben waren nicht eben ihre Freunde; der einen – das wußte sie – war es zugetragen worden, daß sie Herrn Friedrich Jovers abgeraten hatte, ihre mauldreiste Personnage in sein Haus zu nehmen; der andern hatte sie einmal ihre große Tortenpfanne nicht leihen können, weil sie eben beim Kupferschmied zum Löten war.

Unwillkürlich hatte sie die Arbeit sinken lassen: was mochten die Weiber zu verhandeln haben?

Aber die Unterhaltung drüben wurde unterbrochen. Von der Hafenstraße herauf kam der kleine bewegliche Advokat, Herr Siebert Sönksen, den sie den »Goldenen« nannten, weil er bei feierlichen Gelegenheiten es niemals unter einer goldbrokatenen Weste tat, deren unmäßig lange Schöße fast seinen ganzen Leib bedeckten. Eilig schritt er auf die beiden zu, richtete, wie es schien, eine Frage an Frau Antje Möllern und schritt, nachdem diese mit einem Kopfnicken beantwortet worden, lebhaft, wie er herangetreten war, quer über die Gasse nach Herrn Friedrichs Hause zu.

»Hm«, kam es aus dem Munde der jungen Frau, »der Goldene? Gehört der auch dazu? Was will denn der bei unserem Bruder Friedrich?«

Die hervorragenden Eigenschaften des Herrn Siebert Sönksen waren bekannt genug: er jagte wie ein Trüffelhund nach verborgen liegenden Prozessen und galt für einen spitzfindigen Gesellen und höchst beschwerlichen Gegenpart auch in den einfachsten Rechtsstreitigkeiten. Im übrigen wußte er, je nach welcher Seite hin sein Vorteil lag, ebensowohl einen sauberen Vergleich zustande zu bringen, als einen schikanösen Prozeß durch alle Instanzen hindurchzuziehen.

Die Frau Senatorin war aufgestanden; sie mußte doch zu ihrem Christian Albrecht, um seine Meinung über diese Dinge einzuholen! Allein, da trat die Köchin in das Zimmer, ein altes Inventarienstück aus dem schwiegerelterlichen Nachlaß, eine halbe Respektsperson, die nicht so abzuweisen war. Die junge Frau mußte ihr Haushaltungsbuch aus der Schatulle nehmen; sie mußte notieren und rechnen, um dann die näheren Positionen der heutigen Küchenkampagne mit der kundigen Alten festzustellen.

Hinten in der vorderen Schreibstube saßen indessen der alte Friedebohm und ein jüngerer Kaufmannsgeselle sich an dem schweren Doppelpulte gegenüber. Es gab viel zu tun heute, denn die Brigg »Elsabea Fortuna«, welche der selige Herr nach seiner alten Ehefrau getauft hatte, lag zum Löschen fertig draußen auf der Reede. »Musche Peters«, sagte der Buchhalter zu seinem Gegenüber, »wir müssen noch einen Lichter haben; ist Er bei Kapitän Rickertsen gewesen?«

Aber bevor der junge Mensch zur Antwort kam, wurde an die Tür geklopft, und ehe noch ein »Herein« erfolgen konnte, stand schon der goldene Advokat am Pulte und legte seine Hand vertraulich auf den Arm des alten Mannes. »Der Herr Prinzipal in seinem Kabinette, lieber Friedebohm?« Er frug das so zärtlich, daß der Alte ihn höchst erstaunt ansah, denn dieser Mann war nicht der betraute Sachwalter ihres Hauses. Deshalb gedachte er eben von seinem Bock herabzurutschen, um ihn selber bei dem Herrn Senator anzumelden; aber Herr Siebert Sönksen war schon nach flüchtigem Anpochen in das Privatkabinett des Prinzipals hineingeschlüpft.

»Ei, ei, ja doch!« murmelte der Alte. »Die Klatschmäuler werden doch nicht recht behalten?« Er kniff die Lippen zusammen und schaute eine Weile durch das Fenster auf den Steinhof, wo ihm die niedrige Mauer jetzt auch eine innere Scheidung der beiden verwandten Häuser zu bedeuten schien.

Drinnen im Kabinette war nach ein paar Hin- und Widerreden der Herr Senator wirklich von seinem Bock herabgekommen. »Herr!« rief er und stieß seine Feder auf das Pult, daß sie bis zur Fahne aufriß, »verklagen, sagt Ihr? Meines Vaters Sohn will mich verklagen? Herr Siebert Sönksen, Sie sollten nicht solche Scherze machen!«

284

Der Goldene zog ein Papier aus seiner Tasche. »Mein werter Herr Senator, es wird ja nicht sogleich ad processum ordinarium geschritten.«

»Auch nicht, da Herr Siebert Sönksen dem Gegenpart bedienet ist?«

Der Goldene lächelte und legte das Schriftstück, welches er in der Hand hielt, vor Herrn Christian Albrecht auf das Pult. »Laut dieser Vollmacht«, sagte er vertraulich, »bin ich so gut zum Abschluß von Vergleichen wie zur Anstellung der Klage legitimiert!«

»Und wegen des Vergleiches sind Sie zu mir gekommen?« frug der Kaufherr nicht ohne ziemliche Verwunderung; denn er wußte nicht, daß Herr Siebert Sönksen schon längst darauf spekuliert hatte, statt seines alten und, wie er sagte, »fürtrefflichen, aber abgängigen« Kollegen der Anwalt dieses angesehenen Hauses zu werden.

Der Advokat hatte mit einem höflichen Kopfnicken die an ihn gerichtete Frage beantwortet.

»Herr Siebert Sönksen«, sagte der Senator, und er sprach diese Worte in großer innerlicher Erregung, »so kommen Sie also im Auftrage, im ausdrücklichen Auftrage meines Bruders?«

Herr Siebert stutzte einen Augenblick. »In Vollmacht, mein werter Herr Senator; wie Sie zu bemerken belieben, laut richtig subskribierter Vollmacht! Es ist für den erwünschten Frieden unterweilen tauglich, wenn eine unbeteiligte sachkundige Person ...«

Herr Christian Albrecht unterbrach ihn. »Also«, sagte er aufatmend, »mein Bruder weiß nichts von Ihrem werten Besuche: Ich danke Ihnen, Herr Sönksen; das freut mich recht von Herzen!«

Der Goldene schaute etwas verblüfft in das gerötete Antlitz des stattlichen Kaufherrn. »Aber mein wertester Herr Ratsverwandter!«

»Nein, nein, Herr Siebert Sönksen, führen Sie meinethalben so viele Prozesse, als Sie fertigbringen können, aber wo zwei Brüder in der Güte miteinander handeln wollen, da gehöret weder der Beichtvater noch der Advokat dazwischen.«

»Aber, ich dächte doch –«

»Sie denken sonder Zweifel anders, Herr Siebert Sönksen«, sagte der Senator mit einer unwillkürlichen Verbeugung. »Kann ich Ihnen sonstwie meine Dienste offerieren?«

»Allersubmisseste Danksagung! Nun, schönsten guten Morgen, mein werter Herr Senator!«

Gleich darauf schritt der Goldene mit einem eiligen »Serviteur, Musche Friedebohm« durch die vordere Schreibstube und hielt erst an, als er draußen auf den Treppenstufen vor der Haustür stand. Seinen Rohrstock unter den Arm nehmend, zog er die Horndose aus der Westentasche und nahm bedächtig eine Prise. »Eigene Käuze das, die Söhne des alten Herrn Senators Christian Albrecht Jovers!« murmelte er und tauchte zum zweiten Male seine spitzen Finger in die volle Dose. »Nun, nehmen wir fürerst mit dem Prozeß fürlieb!«

– – Bald nach dem Goldenen war auch der junge Kaufherr an dem ihm kopfschüttelnd nachschauenden Musche Friedebohm vorbeigeeilt, um gleich darauf in die Wohnstube zu treten, wo seine Eheliebste auf dem Kanapee an ihrem Kinderhäubchen strickte. Aber er sprach nicht zu ihr; er hatte wieder beide Hände in den Rockschößen und lief im Zimmer auf und ab, bis die Frau Senatorin aufstand und so glücklich war, ihn zu erhaschen.

»Weshalb rennst du so, Christian Albrecht?« sagte die junge Frau und stellte sich tapfer vor ihn hin.

»Nun, Christine, wer da nicht rennen sollte!«

»Nein, nein, Christian Albrecht, du bleibst mir stehen!« Und sie legte beide Arme um seinen Hals. »So«, sagte sie; »nun sieh mich an und sprich!«

Aber Herr Christian Albrecht tat auch nicht einen Blick in ihre hübschen Augen. »Christine«, sagte er und sah dabei schier über sie hinweg, »ich kann nicht zu Bruder Friedrich gehen.«

286

Sie ließ ihn ganz erschrocken los. »Aber du hast es mir versprochen!«

»Aber ich kann nicht!«

»Du kannst nicht? Weshalb kannst du nicht?«

»Christinchen«, sagte er und faßte seine Frau an beiden Händen, »ich kann nicht, weil er wieder in seine Kinderstreiche verfallen ist; er hat mir ein Stück Bauholz nach dem Kopf geworfen.«

»Was soll das heißen, Christian Albrecht?«

»Das soll heißen, daß mein Bruder Friedrich den goldenen Advokaten zum Prozesse gegen mich bevollmächtigt hat. Er ist justement als wie in seinen Kinderjahren; er hat den Bock, und zwar im allerhöchsten Grade! Und so mag's denn auch von meinetwegen jetzt ein Tänzchen geben!«

Die junge Frau suchte wieder zu begütigen, allein Herr Christian Albrecht war unerbittlich. »Nein, nein, Christinchen; er muß diesmal fühlen, wie der Bock ihn selber stößt, so wird er sich ein andermal in acht zu nehmen wissen. Wir sollen, so Gott will, noch lange mit unserem Bruder Friedrich leben; bedenk einmal, was sollte daraus werden, wenn wir allzeit laufen müßten, um seinen stößigen Bock ihm anzubinden!«

Und dabei hatte es sein Bewenden. Zwar will man wissen, daß die junge Frau noch einmal hinter ihres Mannes Rücken in des Schwagers Haus geschlüpft sei, um mit den eignen kleinen Händen den Knoten zu entwirren; aber Frau Antje Möllern hatte sie mit frecher Stirne fortgelogen, indem sie fälschlich angab, Herr Friedrich Jovers sei soeben in dringenden Geschäften zum Herrn Siebert Sönksen fortgegangen. Und die Augen der alten Personnage sollen dabei so von Bosheit voll geleuchtet haben, daß die junge Frau zu einem zweiten Versuche keinen Mut hatte gewinnen können.

Ein neues Jahr hatte begonnen, und der Prozeß zwischen den beiden Brüdern war in vollem Gange. Der Herr Vetter Kirchenpropst und der Onkel Bürgermeister hatten sich vergebens als Vermittler zum gütlichen

287

Austrag angeboten; vergebens hatte der letztere gegen den jungen Senator hervorgehoben, daß »kraft seines tragenden Amtes, abseiten des Ansehens der Familie«, die Augen der ganzen Stadt auf ihn gerichtet seien; denn darin schienen die Streitenden stillschweigend einverstanden, daß das Wort der Güte nur fern von fremder Einmischung von dem einen zu dem andern gehen könne. Aber freilich, dazu gab keiner von ihnen die Gelegenheit; der notwendige geschäftliche Verkehr wurde schriftlich fortgesetzt, und eine Menge Zettel: »Der Herr Bruder wolle gelieben« oder »Dem Herrn Bruder zur gefälligen Unterweisung«, gingen hin und wider.

Die kleine Seestadt in allen ihren Kreisen hatte sich müde an diesem unerhörten Fall gesprochen, und das Gespräch, wenn irgendwie der Stoff zu anderem ausging, wurde noch immer mit Begierde wieder aufgegriffen. Vollständig munter aber, trotz der Winterkälte, erhielt es sich drüben auf der Beischlagsbank der Frau Nachbarn Jipsen; diese und Frau Antje Möllern winkten jetzt nicht nur mit ihren Köpfen, sondern mit beiden Armen und dem ganzen Leibe nach dem Senatorshause hinüber. Aber in dem letzteren war freilich mittlerweile auch noch ein ganz Besonderes passiert: ein Sohn war dort geboren worden, und Herr Friedrich Jovers hatte ja für solchen Fall Gevatter stehen sollen!

– – Die junge Frau Senatorn lief indessen schon wieder flink von der Wiege ihres Kindes treppunter nach der Küche und noch flinker von der Küche treppauf nach ihrer Wiege, als eines Morgens Herr Christian Albrecht, nachdem er erst soeben vom gemeinschaftlichen Kaffeetische in sein Kontor gegangen war, wieder zu ihr in das Wohnzimmer trat. »Christine«, sagte er zu seiner immerhin noch etwas bläßlichen Eheliebsten, »bist du heute schon draußen auf unserem Steinhofe gewesen? – – Nicht? – Nun, so alteriere dich nur nicht, wenn du dahin kommst!«

»Um Gottes willen, es hat doch kein Unglück gegeben?« rief die junge Frau.

»Nein, nein, Christine.«

»Aber ein Malheur doch, Christian Albrecht; du bist ja selber alteriert!«

Ein Lächeln flog über sein freilich ungewöhnlich ernstes Gesicht. »Ich denke nicht, Christine; aber komm nur mit und siehe selber!«

Er faßte ihre Hand und führte sie über den Hausflur in die große Schreibstube. Der jüngere Kontorist war nicht zugegen; der alte Friedebohm stand neben seinem Schreibbocke am Fenster und nahm eine Prise nach der andern.

Auch Frau Christine sah jetzt in den Hof hinaus, fuhr aber gleich darauf mit der Hand über ihre Augen, als gälte es, dort ein Spinnweb fortzuwischen. »Um Gottes willen, was ist das, Friedebohm? Was machen die Leute da auf Bruder Friedrichs Hof? Die Mauer ist ja auf einmal fast um zwei Fuß höher!«

»Frau Prinzipalin«, sagte der Alte, »das sind Meister Hansens Leute; sehen Sie, dort kommt schon einer mit der Kelle!«

»Aber was soll denn das bedeuten?«

»Nun« – und Monsieur Friedebohm nahm wieder eine Prise –, »Herr Friedrich läßt wohl ein paar Schuhe höher mauern.«

»Aber, Christian Albrecht«, und Frau Christine wandte sich lebhaft zu ihrem Mann, der schweigend hinter ihr gestanden hatte, »geschieht denn das mit deinem Willen?«

Herr Christian Albrecht schüttelte den Kopf.

»Aber die Grenzmauer, sie gehört doch uns gleichwohl; wie kann sich Friedrich so etwas unterstehen!«

»Mein Schatz, die Mauer steht auf Friedrichs Grund und Boden.«

Die Augen der kleinen Frau funkelten.

»Oh, das ist schlecht von ihm, das hätte ich ihm nicht zugetraut; er hat ein hartes Herz!«

»Da irrst du doch gewaltig, Christinchen«, erwiderte Herr Christian Albrecht; »das ist's ja gerade, daß er noch immer sein altes weiches Herz hat; er schämt sich nur, und deshalb läßt er diese große steinerne Gardine zwischen sich und seinem Bruder aufziehen.«

Die junge Frau blickte mit unverhohlener Bewunderung auf ihren Mann. »Aber«, sagte sie fast schüchtern und legte ihre Hand in seine; »wie wird er sich erst schämen, wenn er den Prozeß gewinnen sollte!«

»Dann«, erwiderte der Senator, »dann kommt mein Bruder zu mir, denn dann ist der böse Bock gezähmt. Hab ich nicht recht, Papa Friedebohm?« setzte er in munterem Ton hinzu.

»Ei ja, Gott lenkt die Herzen«, erwiderte der alte Mann, indem er seine Dose in die Tasche steckte und dafür die Feder wieder in die Hand nahm; »aber beim wohlseligen Herrn Senator ist uns solcher Umstand im Geschäft nicht vorgekommen.«

Zwei Tage darauf hatte die Mauer schon eine beträchtliche Höhe erreicht, und noch immer wurde daran gearbeitet. Aus der Schreibstube hinten war dergleichen nie gesehen worden, und der junge Kaufmannsgeselle konnte es nicht lassen, je um eine kleine Weile mit offenem Munde nach den Arbeitern hinzustarren. »Musche Peters«, sagte der alte Friedebohm, »wolle Er lieber in Seine Bilanzrechnung schauen! Es will sich für Ihn nicht schicken, daß Er über das neue Werk da draußen sich irgendwelche überflüssige Gedanken mache!« Und der junge Mensch wurde über und über rot und tauchte hastig seine Feder in das Dintenfaß.

Aber auch Monsieur Friedebohm selber konnte sich nicht enthalten, unterweilen über seine Arbeit wegzuschauen; die beiden Gesellen da draußen, insonders der Alte mit dem respektwidrigen langen Barte, wurden ihm mit jeder Stunde mehr zuwider. »Der struppige Assyrer!« brummte er vor sich hin, »mag wohl am Turm zu Babel schon getagwerkt haben; wird aber diesmal auch nicht in den Himmel bauen!«

Als gleich darauf Herr Christian Albrecht aus seinem Kabinett hereintrat, sah er seinen Buchhalter sich mit dem Schneiden einer Feder mühen, die er immer näher an die Nase rückte. »Will's nicht mit den alten Augen, Papa Friedebohm?« sagte er freundlich.

Aber Monsieur Friedebohm zuckte bedeutsam mit der einen Schulter nach der Mauer draußen. »Herr Christian Albrecht, wir haben schon immer das Licht nicht justement mit Scheffeln hier gehabt.«

Der Senator warf einen Blick nach dem hohen Werke, an welchem die beiden Gesellen unter lustigem Singen noch immer weiterarbeiteten. »Ja, ja, Friedebohm«, rief er heftig, »du hast recht! Alle Tausend, das geht denn doch übers –«

»Übers Bohnenlied!« wollte er sagen, wo schon derzeit gar nichts darüber ging; aber er schwieg plötzlich, da er auf den jungen Musche Peters sah, der wieder mit offenem Mund an seinem Pulte saß, und ging, nachdem er eine geschäftliche Anordnung erteilt hatte, in sein Kabinett zurück.

– – Nach ein paar Stunden steckte Frau Christine ihr hübsches Köpfchen durch die Tür. »Darf man eintreten?« frug sie.

»Komm nur!« erwiderte Herr Christian Albrecht von seinem Schreibstuhl aus. »Was hast du auf dem Herzen?«

»Oh«, und sie stand schon mitten in dem Stübchen und ließ ihre Blicke an der geschwärzten Decke wandern – »ich wollte nur; – – –

aber, Christian Albrecht, hier herrscht ja ägyptische Finsternis! Die schönen Spinngewebe, die unsere Wiebke immer sitzen läßt, die können deine Spinnen nun ruhig weiterweben! Und weißt du, das naseweise Ding – aber ich habe ihr auch einen tüchtigen Wischer gegeben –, sie hat eben die Mauer mit ihrem Eulbesenstiel gemessen; ›genau elf Fuß nach meiner Elle‹, sagt sie! Aber sieh nur, Christian Albrecht, nun wird's denn auch nicht höher; sie legen schon die runden Steine obenauf.«

Herr Christian Albrecht saß noch immer auf seinem hohen Schreibstuhl, die Feder in der Hand. »Weißt du, Christine«, sagte er, indem er ernsthaft vor sich hin sah, »der Bock meines Herrn Bruders wird mir doch zu mächtig; es tut jetzt not, und ich habe mich auf einen guten Gegenstoß besonnen.« Und als sie ihn unterbrechen wollte: »Nein, red mir nicht dazwischen, Frau; ich will auch einmal meinen Willen haben.«

Sie faßte ihn leise an dem Aufschlag seines Rockes und zog ihn sanft: von seinem Thron herab und dicht zu sich heran. »O weh«, sagte sie und sah ihm ernsthaft in die Augen, »da habe ich am Ende einen Mann geheiratet, den ich erst heute kennenlerne! Gesteh mir's, Christian Albrecht, du hast doch nicht auch etwa so einen –«

»Zum Kuckuck«, rief Herr Christian Albrecht lachend, »im hintersten Stallwinkel wird auch wohl bei mir so einer angebunden stehen; und der soll jetzt heraus ans Tageslicht, trotz aller klugen Frauenzimmer und meiner allerklügsten noch dazu!«

»So, Christian Albrecht? Und in welcher Art« – sie zögerte ein wenig – »soll denn der deine seinen Gegenstoß vollführen?«

»Setz dich, Christine«, sagte der Senator, indem er die anmutige Frau auf seinen Schreibthron hob, »und reden wir deutsch mitsammen! In jener Sache da draußen auf dem Hof will ich mein Recht, und keinen Titel davon aufgeben! Aber dazu bedarf es keines Prozessierens, denn es steht klar und bündig in den alten, noch vorhandenen Kaufkontrakten.«

»Und weiter, Christian Albrecht?«

»Und weiter, Christine, hat zwar der Besitzer von Friedrichs Hause die Mauer zwischen beiden Häusern aufzuführen und zu unterhalten; aber der des unserigen hat den Halbschied der Kosten dazu beizutragen.«

»Wirklich? Auf Höhe von elf Fuß?«

»Ei was, und wenn's die Mauer von Jericho wäre! Das ist meine Sache; wenn ich ihm zahlen will, er muß schon stillhalten und Quittanz dafür erteilen!«

»Und du willst wirklich die Halbschied der Kosten, so das blanke bare Geld dafür dem Bruder Friedrich in sein Haus schicken?«

»Das will ich, Christine; ganz gewiß, das will ich.«

Sie sah ihn eine Weile ganz nachdenklich an.

»So, also auf die Art, Christian Albrecht!« sagte sie langsam.

Aber bevor sie ihre Gedanken über diesen kritischen Fall zu ordnen vermochte, kam Botschaft aus der Küche: die Kochfrau war eben angelangt, und der Bratenwender sollte aufgestellt werden, denn auf morgen gab es ein großes Fest im Hause. Frau Christine gedachte plötzlich wieder der Veranlassung, um deren willen sie das Allerheiligste ihres Mannes aufgesucht hatte; sie ließ sich ihr blaues Haushaltungsbeutelchen bis zum Rande füllen und verließ das Stübchen, den Kopf voll junger Wirtschaftssorgen.

In dem Hause nebenan sollte heute Herr Friedrich Jovers mit seiner ehrsamen Haushälterin selbander speisen, denn sein junger Lübecker Küfer war auswärts in Geschäften. Zuvor aber trat er nach seiner Gewohnheit vor die Haustür und schaute von dem obersten Treppensteine ein paar Augenblicke in das Wetter und rechts die Straße hinab nach dem dort unten sichtbaren Teile des Hafens.

Als er dann wieder ins Haus und gleich darauf in das Wohnzimmer getreten war, stand die Matrone schon mit vorgesteckter Serviette in der kalmankenen Sonntagskontusche hinter ihrem Stuhle.

»Ist Hochzeit in der Stadt, Frau Möllern?« frug er. »Die Schiffe flaggen ja!«

Er setzte sich, und die Alte setzte sich ihm gegenüber; die Frage mochte er wohl schon vergessen haben, denn Herr Friedrich Jovers pflegte seit geraumer Zeit auf dergleichen keine Antwort zu erwarten.

Aber Frau Antje Möllern, welche auf gewisse Dinge ihren Herrn nicht anzusprechen wagte, ließ sich die Gelegenheit nicht entschlüpfen. »Hochzeit?« wiederholte sie scharf, und ein gewisses Zucken um ihre derben Lippen zeigte, daß eine verhaltene Entrüstung zum Ausbruch drängte. »Nein, es ist keine Hochzeit, es ist nur eine Kindtaufe!«

»Eine Kindtaufe, und die Schiffe flaggen?« sagte Herr Jovers gleichgültig. »Ich wüßte doch nicht, daß bei den Honoratioren –«

Aber Frau Möllern vermochte nicht, ihn ausreden zu lassen. »Oh, Herr Jovers, freilich ist es bei den Honoratioren, bei den allerersten Honoratioren; aber eine Schande ist es, eine offenbare Schande, sag ich!«

Herr Jovers wurde doch aufmerksam. »Was will Sie damit sagen?« frug er kurz.

»Damit, Herr Jovers, will ich sagen, daß Ihr einziger Bruder, der Herr Senator Christian Albrecht Jovers, heute sein erstes Söhnchen taufen läßt; und Sie fragen noch, warum die Schiffe flaggen!«

Herr Friedrich sagte nichts; aber Frau Antje Möllern entging es nicht, wie ihm die Hand zitterte, während er schweigend den Rest seiner Suppe hinunterlöffelte.

Die grimmigen Augen der Alten begannen plötzlich einen wehleidigen Ausdruck anzunehmen. »Herr Jovers«, begann sie seufzend, »Ihr Herr Großvater selig und meines Vaters Onkel, was waren das für gute Freunde! Sie wissen das ja auch, Herr Jovers!«

»Zum mindesten«, sagte Herr Jovers, »hat Sie mir das oft genug erzählt.«

»Nun, Herr Jovers, selig Senatorn wußte das ja auch!«

»Ja, ja, Möllern, und auch der alte Friedebohm! Denn in den Büchern meines Großvaters läuft bis zu seinem seligen Ende eine jährliche Ausgabepost: Zehn Pfund Tabak und ein Gewandstück für den armen Krischan Möller.«

Frau Antje schluckte etwas; dann aber, nachdem sie den mittlerweile erschienenen Braten vorgelegt hatte, nahm sie doch den Faden wieder auf. »Ja, Herr Jovers, sie waren Schulkameraden, und das vergaßen sie sich nicht! Für alle Mittwoch war Herr Christian Möller zu dem Herrn Senator Christian Jovers auf den Kaffee eingeladen, im Sommer tranken sie denselben in dem schönen Gartenpavillon, den Ihr Herr Großvater damalen erst gebaut hatte. Nicht wahr, Herr Jovers, man hätte sie wohl sehen mögen, die alten Herren, wie sie in liebevoller Unterhaltung mit ihren holländischen Pfeifen vor den offenen Gartentüren saßen! – Wenn sie es damalen hätten voraussehen können«, fuhr Frau Antje fort, vor ihrem noch immer unberührten Braten sitzend, »daß der nunmehrige Herr Senator Jovers, oder, sagen wir's nur gradheraus, die nunmehrige Frau Senatorn einen solchen Prozeß um diesen schönen Lustgarten anheben würde, was würden die beiden braven Freunde dazu wohl gesagt haben?«

294

»Weiß nicht, Möllersch«, sagte Herr Friedrich, der bisher in halber Zerstreuung dagesessen hatte; »vielleicht wäre es meinem Großvater zum Verdruß geschlagen, und er hätte den laufenden Posten von zehn Pfund Tabak und einem Gewandstück ein für allemal gestrichen!«

Die Matrone nagte sich ein paarmal auf die Lippe; dann sprach sie mit andächtigem Aufblick: »Wie wohl hat unser Herrgott es gemacht, daß diese lieben Männer itzt in ihrem Grabe ruhen!«

»Sehr wohl, Möllersch«, sagte Herr Friedrich, indem er vom Tische aufstand; »und da lasse Sie die beiden alten Leute nur, und sorge Sie für Ihre Leibesnahrung, damit Sie nicht vor der Zeit bei Ihres Vaters Onkel zu ruhen komme! Zunächst aber hole Sie mir den Überrock von draußen aus dem Schrank!«

Als das geschehen war, ging Herr Friedrich aus dem Hause, ohne zu sagen, wohin und wann er wiederkommen werde; Frau Antje aber legte zuvörderst die Serviette zusammen, welche der sonst so akkurate Herr als wie ein Wischtuch auf dem Tische hatte liegenlassen, und machte sich dann voll stillen Ingrimms über ihren Braten her.

– Am selbigen Abend, da es vom Kirchturme acht geschlagen hatte, stand Herr Friedrich Jovers auf seinem Steinhofe mit dem Rücken an der Mauer eines Hintergebäudes und blickte unverwandt nach den hell erleuchteten Saalfenstern seines Elternhauses, deren unterste Scheiben die neue Mauer noch so eben überragten.

Ganz heimlich, vor allem als dürfe Frau Antje Möllern nichts davon gewahren, war er nach seiner Rückkehr hier hinausgeschlichen. Weshalb, wußte er wohl selber kaum; denn mit jedem Gläserklingen, das zu ihm herüberscholl, mit jeder neuen Gesundheit, deren Worte er deutlich zu verstehen glaubte, drückte er die Zähne fester aufeinander. Gleichwohl stand er wie gebannt an seinem Platze, sah in das Blitzen der brennenden Kristallkrone und horchte, wenn nichts anderes laut wurde, auf den Schrei des alten Papageien, der, wie er wohl wußte, bei der Festtafel heute nicht fehlen durfte.

Da erschien an einem der Fenster, gerade an dem, welches seinen Schein auf Herrn Friedrichs Standplatz warf, eine zierliche Frauengestalt. Er konnte das Antlitz nicht erkennen; aber er sah es deutlich, daß der Kopf des Frauenzimmers, wie um ungehinderter hinauszuschauen, sich mit der Stirn an eine Scheibe drückte. Doch auch das schien ihr noch nicht zu genügen; ein Arm streckte sich empor, wie um die obere Haspe zu erreichen, und jetzt, während im Saale neues Gläserklingen sich erhob und der Papagei dazwischenschrie, wurde leise der Fenster-flügel aufgestoßen.

Herr Friedrich erkannte seine Schwägerin. Sie lehnte sich hinaus, sie legte die Hand an ihren Mund, als ob sie zu ihm hinüberrufen wolle; und jetzt hörte er es deutlich, wenn es auch nur wie geflüstert klang: es war sein Name, den sie gerufen hatte. Und da er wie ein steinern Bild an seiner Mauer blieb, kam es noch einmal zu ihm herüber, und dann, als wolle sie ihm winken, erhob sie langsam ihre Hand und deutete dann wieder nach dem hellen Festsaal. – Was hatte sie vor? Wollte sie ihn noch jetzt zur Taufe laden? Er wußte, sie konnte solche Einfälle haben; er wußte auch, wenn er jetzt ihr folgte, er würde seinem Bruder den besten Teil des Festes bringen; aber – der Garten! Nach ein paar fürsorglichen Andeutungen des Herrn Siebert Sönksen stand in allernächster Zeit eine abfällige Sentenz bei dem Magistrate hier in Aussicht! – Nein, nein, die zweite Instanz mußte beschritten, der Prozeß mußte dort gewonnen werden; waren doch auch die weitschichtigen Rezesse des Goldenen von vornherein auf diese höhere Weisheit nur berechnet gewesen!

Herr Friedrich Jovers wollte sein Recht. Frau Christine hatte es selbst 296 gesagt, er konnte nicht anders, er war ein Trotzkopf; er rührte sich nicht, der Bock hielt ihn mit beiden Hörnern gegen die Mauer gepreßt.

Freilich wußte er es nicht, daß Christian Albrecht ihn im Gevatter-stande vertreten und seinen Erstgeborenen getrost auf seines Bruders und des Urgroßvaters Namen hatte taufen lassen. Da drüben aber wurde das Fenster zögernd wieder zugeschlossen.


Wenige Tage später stand der vierschrötige Maurermeister Hinrich Hansen, wohlrasiert, seinen Dreispitz in der Hand, im Kabinette des Senators Christian Albrecht Jovers.

»Also«, frug dieser, »zweihundertundvierzig Reichstaler war die Verdingsumme für das Werk da draußen, und Er hat den Betrag bereits empfangen?«

Meister Hansen bejahte das.

»Weiß Er denn wohl«, sagte der Senator wieder, »daß mein Bruder Ihm da um die Hälfte zuviel gegeben hat?«

Der alte Handwerksmann wollte aufbrausen; das griff an seine Zunft- und Bürgerehre. »Laß Er nur, Meister«, sagte Herr Christian Albrecht und legte beschwichtigend die Hand auf den Arm des neben ihm Stehenden. »Seine Arbeit ist auch diesmal rechtschaffen; aber Er weiß doch, was ein Hauskontrakt bedeutet?« Und damit schob er ihm das vergilbte Schriftstück zu, welches aufgeschlagen auf dem Pulte lag.

Der Meister zog seine Messingbrille hervor und studierte lange und bedächtig unter Beistand seines Zeigefingers den ihm bezeichneten Paragraphen; endlich klappte er die Brille zusammen und steckte sie wieder in das Futteral.

»Nun?« frug Herr Christian Albrecht.

Der Meister antwortete nicht; er fuhr mit seinen Fingern in die Westentasche und suchte nach einem Endchen Kautabak, womit er in schwierigen Umständen seinen Verstand zu ermuntern pflegte.

»Nicht wahr, Meister«, sagte der Senator wieder, »da steht es klar und deutlich?«

Der Meister kam nun doch zu Worte. »Mag sein, Herr«, erwiderte er stockend, »aber es ist mir denn doch alles voll und richtig ausbezahlt!«

Der Senator ließ sich das nicht anfechten. »Freilich, Meister; aber die eine Hälfte war ja nicht Herr Friedrich Jovers, sondern ich Ihm schuldig! Das macht auf den Punkt einhundertundzwanzig Reichstaler. Hier sind sie, wohlgezählt in Kron- und Markstücken; und nun gehe Er zu Herrn Friedrich Jovers und zahle Er ihm zurück, was Er von ihm zuviel empfangen hat!«

Meister Hansen zögerte noch; in seinem Kopfe mochte die Vorstellung von einem etwas kuriosen Umwege auftauchen, aber bevor er mit seinen schwerbeweglichen Gedanken darüber ins reine kam, war schon das Geld in seiner Tasche und er selbst zur Tür hinaus.

Herr Christian Albrecht rieb sich vergnügt die Hände. »Was wird Bruder Friedrich dazu sagen? Stillhalten muß er schon; hier steht's!« Und er tupfte mit den Fingern dreimal zuversichtlich auf den alten Hauskontrakt.

Da wurde an die Tür gepocht. Der Schreiber seines Sachwalters überbrachte ihm einen Brief.

Als der Überbringer sich entfernt und Herr Christian Albrecht den Brief gelesen hatte, war der eben noch so vergnügliche Ausdruck seines Angesichts mit einem Mal wie fortgeblasen. »Musche Peters«, sagte er kleinlaut, indem er die Tür zur großen Schreibstube öffnete, »bitte Er doch die Frau Senatorin, auf ein paar Augenblicke bei mir vorzusprechen!«

Die Frau Senatorin ließ nicht auf sich warten. »Da hast du mich, Christian Albrecht!« rief sie fröhlich, »aber« – – und sie schaute ihm ganz nahe in die Augen, »fehlt dir etwas? Es ist doch kein Unglück geschehen?«

»Freilich ist ein Unglück geschehen, Christinchen; da – lies nur diesen Brief!«

Ihre Augen flogen über das Papier. »Aber, Christian Albrecht, du hast ja den Prozeß gewonnen!«

298

»Freilich, Christinchen, hab ich ihn gewonnen.«

»Und das nennst du ein Unglück? Da hast du ja alles nun in deiner Hand!«

»Hatte ich in meiner Hand, mußt du sagen! Fünf Minuten vor Empfang dieses Schreibens habe ich durch Meister Hansen die Hälfte der unseligen Mauergelder an Bruder Friedrich abgesandt.«

Frau Christine schlug die Hände ineinander. »Das wird eine schöne Geschichte werden! – Du!?« – und sie drohte ihm mit dem Finger – »ich hatte es dir vorhergesagt!«

Und es wurde eine schöne Geschichte; denn zu derselben Zeit stand im Nachbarhause der Meister Hansen vor dem Herrn Friedrich Jovers.

Bei seinem Eintritt in den Hausflur war der goldene Advokat gegen ihn angeprallt und dann wie in blindem Geschäftseifer an ihm vorbeigeschossen. Im Zimmer selbst saß der Hausherr mit einem Schriftstück in der herabhängenden Hand, das mit vielen Schnörkeln begann und mit dem großen Magistratssiegel endete. Er schien über den zuvor gelesenen Inhalt nachzusinnen und nicht gehört zu haben, was ihm der Meister eben vorgetragen hatte; als dieser aber aus seiner Hand ein paar schwere Geldrollen auf den Tisch fallen ließ, richtete er sich plötzlich auf. »Geld? Was soll das?« rief er. »Was sagt Er, Meister Hansen?«

Der Meister trug noch einmal seine Sache vor, und jetzt hatte Herr Friedrich zugehört und recht verstanden.

»So?« sagte er anscheinend ruhig, indem er sich von seinem Sitz erhob; aber sein Antlitz rötete sich bis unter das dunkle Stirnhaar. »Also dazu hat Er sich gebrauchen lassen?« – Dann ergriff er plötzlich die beiden Geldrollen und machte eine Armbewegung, die den stämmigen Meister fast zur Gegenwehr veranlaßt hätte.

Aber Herr Friedrich besann sich wieder. »Setz Er sich!« sagte er kurz; dann ging er rasch zur Stubentür und über den Hausflur nach dem Hof hinaus.

Der junge Küfer, der vor der offenen Kellertür des Lagerraums beschäftigt war, sah mit Verwunderung den Herrn Prinzipal bald mit vorgestrecktem Kopfe auf dem Klinkersteige des Hofes dröhnend hin und wider schreiten, bald wieder ein Weilchen stillestehn und mit halb scheuen Blicken an der hoben Scheidemauer hinaufschauen.

Das mochte eine Viertelstunde so gedauert haben; endlich, wie in raschem Entschluß, ging Herr Friedrich in das Haus zurück. Als er ins Zimmer trat, fand er den Handwerksmann auf demselben Stuhle, wo er ihn gelassen hatte.

»Meister«, sagte er, aber es war, als werde bei den wenigen Worten ihm der Atem kurz, »hat Er Leute in Bereitschaft? So etwa fünf oder sechs, und noch heute oder doch morgen schon?«

Der Meister war aufgestanden und besann sich. »Nun, Herr Jovers, es ginge wohl! Mit der Stadtswaage sind wir jetzt soweit; ein Stücker fünfe könnten schon gemißt werden.«

»Gut denn, Meister« – und Herr Friedrich ergriff noch einmal, und nicht minder heftig als vorhin, die beiden auf dem Tische liegenden Geldrollen –, »so baue Er mir die Mauer auf meinem Hofe noch um soviel höher, als dieses Silber dazu reichen will!«

Der Handwerksmann schien kaum zu merken, daß während dieser Worte die Rollen schon in seinen Händen lagen.

»Hat Er mich nicht verstanden?« fuhr Herr Friedrich fort, da der andere keine Antwort gab.

»Freilich, Herr; das ist wohl zu verstehen; aber« – und der Meister schien ein paar Augenblicke nachzurechnen – »das gäbe ja noch an die sechs bis sieben Fuß!«

»Meinetwegen«, sagte Herr Friedrich finster, »nur sorge Er dafür, daß es um keinen Schilling niedriger und auch um keinen höher werde, als wozu Er da das Geld in Händen hat!«

»Hm«, machte der alte Mann und sah den jüngeren mit einem Blicke an, als ob ihm plötzlich ein Verständnis komme, »wenn Sie es denn so wollen, Herr Jovers; es ist Ihre Sache.«

Herr Jovers wandte sich ab. »So wären wir fertig miteinander!« sagte er hastig. »Fanget nur gleich morgen an, damit ich der Unruhe in Bälde wieder ledig werde!«

Als Meister Hansen dann hinausgegangen war, warf er sich auf einen Stuhl am Fenster und starrte auf die leere Straße. Er schien keine Gedanken zu haben; vielleicht auch wollte er keine haben.

Und schon am andern Tage, während der Herr Onkel Bürgermeister und der Herr Vetter Kirchenpropst noch einmal ihr vergebliches Versöhnungswerk betrieben, wurde zwischen den Höfen der beiden Brüder rüstig fortgemauert, und der struppige Assyrer sang dabei alle Lieder, die er auf seinen Kreuz- und Querzügen aus der Fremde heimgebracht hatte. Im Hause des Senators wurden die Schreibstuben mit jeder neuen Steinlage immer mehr verdunkelt, und der alte Friedebohm ertappte sich zu seinem Schrecken mehr als einmal, wie er müßig vor dem Fenster stand und, eine vergessene Prise zwischen den Fingern, diesem, wie er es bei sich selber nannte, babylonischen Beginnen zusah. Auf der andern Seite ging Herr Friedrich Jovers, wenn er auf dem Wege zu seinen Geschäftsräumen den Hof betreten mußte, hastig und ohne jemals aufzublicken, daran vorüber. Dann, nach Verlauf einiger Tage, hörte das Mauern und das Singen auf; die Handwerker waren fort, das neue Werk war fertig.

Statt dessen vernahm Herr Friedrich am nächsten Vormittage ein Geräusch, das ihm wie mit einem Schlage die seltensten, aber höchsten Freuden seiner Knabenjahre vor die Seele führte; er hatte eben die Hoftür geöffnet und seinem draußen beschäftigten Ausläufer etwas zugerufen, als er horchend stehenblieb. Er wußte es genau; er sah es vor sich, wie jetzt drüben auf dem Hofe des Elternhauses die großen Reisemäntel ausgeklopft wurden; ja, er sah sich selbst als Knaben in seinen Sonntagskleidern an seiner Mutter Hand danebenstehen und hörte den frohen Ton ihrer Stimme, womit sie bei solchem Anlaß einstmals ihrer Kinder Herz erfreute.

Er erschrak fast, als der Gerufene ihm jetzt entgegentrat, und ihm entfiel unwillkürlich die Frage, was denn für eine Reise drüben wohl im Werke sei. Aber bevor der Mann den Mund aufzutun vermochte, kam bereits die Antwort aus der nahe liegenden Küche: Frau Antje Möllern hatte selbstverständlich schon lange die genauesten Nachrichten; ein Glück, daß sie es endlich nun erzählen konnte! Die junge Frau Senatorn wollte mit ihrem Erbprinzen auf Besuch zu ihren Eltern, obschon das liebe Kind mit jedem Tag ins Zahnen fallen könne und Pankratius und Servatius noch nicht einmal vorüber seien; und der gute Herr Senator müsse auch mit auf die Reise, denn was kümmere das die Frau Senatorn, daß eine große Ladung Ostseeroggen erst eben auf der Reede angekommen sei! »Herr Jovers!« schloß Frau Antje ihre Rede, als der Arbeitsmann sich entfernt hatte, und wies mit dem Daumen nach dem Hofe zu, »glauben Sie es, oder glauben Sie es nicht – die hat's nicht ausgehalten, daß sie uns von drüben nun nicht mehr in unsere Töpfe gucken kann!«

Ein fast grimmiges Zucken fuhr um Herrn Friedrichs Lippen; dann aber sah er die alte Dame nur eine Weile mit etwas starren Augen an. »Also das ist Ihre Meinung, Möllersch?« sagte er trocken, und als sie hierauf beteuernd mit ihrem dicken Kopf genickt hatte, setzte er hinzu: »So wolle Sie die Güte haben, dergleichen Meinung künftig bei sich selber zu behalten!«

Als er das gesprochen hatte, ging er fort, und Frau Antje blieb, die Hände über ihrem starken Busen gefaltet, noch eine ganze Weile stehen, die Augen unbeweglich nach der Richtung, in der ihr Herr verschwunden war. Dann plötzlich trabte sie an den verlassenen Herd zurück und rührte unter heftigen Selbstgesprächen in dem über dem Dreifuß stehenden Topfe, daß die kochende Brühe zu allen Seiten in die lodernden Flammen spritzte.

Es war unverkennbar, daß die Mauer draußen, obgleich sie keineswegs behagliche Gefühle in ihm erweckte, nach ihrer abermaligen Vollendung eine geheimnisvolle Anziehungskraft auf Herrn Friedrich Jovers übte. Freilich hatte er noch immer vermieden, an dem neuen Werk emporzusehen; jetzt aber, nachdem der Abend herangekommen war, ließ es ihm auch hierzu keine Ruhe mehr. Er hatte sich vorgespiegelt, sein junger Küfer, der zur gewohnten Stunde aus dem Geschäft gegangen war, könne das Auffüllen der neuen Fässer unterlassen haben, welche in dem Keller hinter dem Hofe lagen; allein er hatte schon darum vergessen, als er kaum den Hof betreten hatte.

Oben an dem dunkeln Frühlingshimmel schwamm die schmale Sichel des Mondes und warf ihr bläuliches Licht auf den oberen Rand der Scheidemauer und das Dach des elterlichen Hauses. Herr Friedrich stand jetzt an derselben Stelle, von wo aus er an jenem Abend ein stummer Zeuge der Familienfeierlichkeit gewesen war; er stand dort ebenso stumm und unbeweglich, aber auf seinem Antlitz lag jetzt ein unverkennbarer Ausdruck der Bestürzung. Sosehr er seine Augen anstrenge, es wurde nicht anders: hinter dem neuen Maueraufsatz waren die Fenster des alten Familiensaales bis zum letzten Rand verschwunden.

Es war schon spät am Abend; nichts regte sich, weder hüben noch drüben; nur das Klirren eines Fensterflügels, der im Hauptbau auf der andern Seite offenstehen mochte, wurde dann und wann im Aufwehen der Nachtluft hörbar. Herr Friedrich wollte eben in sein Haus zurückkehren, da tönte von drüben plötzlich die Stimme des alten Kuba-Papageien: »Komm röwer!« und nach einer Weile noch einmal: »Komm röwer!« Wie ein eindringlicher Ruf, fast schneidend, klang es durch die Stille der Nacht; dann nach kurzer Pause folgte ein gellendes Gelächter. Herr Friedrich kannte es sehr wohl; der verwöhnte Vogel pflegte es auszustoßen, wenn ihm die Nachahmung der eingelernten Worte besonders wohl gelungen war. Aber was sonst als der unbehülfliche Laut eines abgerichteten Tieres gleichgültig an seinem Ohr vorbeigegangen war, das traf den einsamen Mann jetzt wie der neckende Hohn eines schadenfrohen Dämons.

303

»Komm röwer!« seine Lippen sprachen unwillkürlich diese Worte nach; über seine selbstgebaute Mauer konnte er nicht hinüberkommen.

Noch lange stand er, das Hirn voll grübelnder Gedanken, ohne daß etwas anderes als das gewöhnliche Geräusch der Nacht zu seinem Ohr gedrungen wäre; fast sehnte er sich, noch einmal den Schrei des Vogels zu vernehmen; als aber alles still blieb, ging er ins Haus und legte sich zum Schlafen nieder.

Allein er hörte eine Stunde nach der andern schlagen, und da er endlich schlief, war es nur eine halbe Ruhe. Ihm war, als sei er auf dem Wege zum Garten; aus der Pforte kamen seine Eltern ihm entgegen, von denen er gemeint hatte, daß sie beide schon im Grabe lägen; als er auf sie zuging, sah er, daß ihre Augen fest geschlossen waren; er wollte sie eben bitten, ihn doch anzusehen, da war die hohe Mauer vor ihm aufgestiegen, und dahinter scholl das Gelächter des alten Kubavogels, das wie in einem Echo an hundert Mauern hin und wider sprang.

– – Das Geräusch eines dicht unter seinen Fenstern vorüberrollenden Wagens weckte ihn. Es war schon Morgenfrühe; die dicke goldene Taschenuhr, welche er von seinem Nachttisch langte, zeigte auf reichlich fünf Uhr. Rasch war er aus dem Bette, zog das Vorhängsel von einem Guckfenster in der vorspringenden Seitenwand zurück und sah auf die Straße hinab. Von Osten her lagen die Häuserschatten noch auf den feuchten Steinen und bis hoch an den gegenüberstehenden Gebäuden hinauf; vor der Treppe des brüderlichen Hauses hielt ein bespannter Reisewagen: Koffer wurden durch den alten Diener hintenauf geladen und Kisten und Schachteln unter den Wagenstühlen festgebunden. Bald darauf sah er seinen Bruder und Frau Christine in Reiserock und Mantel aus dem Hause treten; dann folgte eine gleichfalls reisefertige Magd mit einem anscheinend nur aus Tüchern bestehenden Bündelchen, an welchem die junge Frau Senatorn noch viel zu zupfen und zu stecken hatte und worin Herr Friedrich nicht ohne Grund seinen ihm noch unbekannten jungen Neffen vermutete.

Endlich war alles auf dem Wagen. Herr Friedebohm, von der obersten Treppenstufe, schien eiligst noch mit Kopf und Händen die Versicherung getreuen Einhütens zu erteilen; dann klatschte der Kutscher, und bald war die Straße leer, und Herr Friedrich hörte nur noch das schwache Rollen des Wagens droben in der Stadt, wo es zum Ostertor hinausführte.

Aber auch ihn duldete es nun nicht länger im Hause; rasch wer er angekleidet und ging in den frischen Morgen hinaus. Er war hinten um die Stadt herumgegangen, an der stillen Gasse vorüber, in welcher die Pforte zu dem Familiengarten sich befand; jetzt schritt er langsam, seinen Rohrstock unter dem Arme, drüben auf dem breiten Gange des Kirchhofes und schaute über den alten Hagedornzaun nach dem seit einem halben Jahre von ihm gemiedenen Familiengrundstücke hinüber. Bäume und Sträucher standen schon in lichtem Grün, und dort von den jungen Apfelbäumen, die sein Vater, der alte Herr Senator, noch gepflanzt hatte, lachten ihn die ersten roten Blütensträuße an. Bald auch gewahrte er mit Verwunderung, daß der Garten, wie in jedem Frühjahr, in ordnungsmäßigen Stand gesetzt war, und – täuschte ihn denn sein Ohr? – er hörte ein Geräusch, als ob geharkt und darauf Beete mit dem Spaten angeklopft würden; aber der Pavillon und das hohe Gebüsch zu dessen Seiten verwehrten ihm die Aussicht.

Er blieb stehen und lauschte, während das Geräusch des Arbeitens sich ebenmäßig fortsetzte. Da wallte es in ihm auf; wer konnte sich unterstehen, den in Streit befangenen Garten anzufassen?

»Heda!« rief er. »Was wird da getrieben?«

Das Arbeiten hörte auf, und nach einigen Augenblicken trat der alte Andreas mit einem Spaten auf der Schulter hinter dem Pavillon hervor.

»Er, Andreas?« herrschte ihn Herr Friedrich an. »Was hat Er hier zu schaffen? Hat Ihn mein Bruder etwa hier zur Arbeit herbeordert?«

Der Alte schob seine Pudelmütze von einem Ohr zum andern. Die Frage mochte ihm unerwartet kommen; hatte er doch noch von dem seligen Herrn her einen Schlüssel zu der Gartenpforte und seit über einem Vierteljahrhundert einzig nach dem Kalender, den er in seinem Kopfe trug, die Beete umgegraben, Erbsen und Bohnen nach seiner eigenen Wissenschaft gelegt und Bäume und Gesträuche angebunden und beschnitten. »Herbeordert?« sagte er endlich. »Nein, Herr; so herbeordert hat mich niemand; aber wenn's nicht alles in die Wildnis gehen sollte, so war es just die höchste Zeit.«

»Was kümmert Ihn das«, rief Herr Friedrich, »ob es hier verwildert?«

Der Alte hatte seinen Spaten in die Erde gestoßen. »Was mich das kümmert?« wiederholte er und sah völlig verdutzt zu dem Sohne seines alten Herrn hinüber.

»Freilich Ihn!« fuhr dieser fort; »denn wer wohl, meint Er, daß Ihm Seine Arbeit hier bezahlen werde?«

»Nun, Herr; es wird schon alles angeschrieben.«

»So schreib Er's gleich nur in den Schornstein«, rief Herr Friedrich, »und vertu Er seine Zeit nicht, die Er besser brauchen kann!«

Andreas wischte mit der Hand den Schweiß von seiner Stirne. »Wenn das Ihr Ernst ist, Herr Jovers«, sagte er, »so kann ich freilich nur nach Feierabend hier noch arbeiten; das aber« – und er erhob den Spaten und zeigte damit nach dem Kirchhofe hinüber – »tu ich meiner alten Herrschaft da zuliebe.«

Herr Friedrich sagte nichts; Andreas aber ging mit seinem Spaten fort, und bald wurde wieder das einförmige Geräusch des Grabens in der Morgenstille hörbar.

Der andere stand noch eine Weile an derselben Stelle, als müsse er die Spatenstiche zählen, die er drüben den alten Arbeiter machen hörte; dann wandte er sich plötzlich und ging weiter in den Kirchhof hinein, bis zu dem Grabe seiner Eltern. Hier saß er lange auf den Steinen, welche die Familiengruft bedeckten, und blickte auf den grünen Koog hinunter und darüber hinaus auf den silbernen Strich des Meeres, wo in der Ferne die Masten des guten, ihm so wohlbekannten Schiffes »Elsabea Fortuna« sichtbar wurden.

Als es in der Stadt vom Turme sieben schlug, stand er wieder an dem alten Gartenzaune. Der vorübergehende Totengräber, dessen Gruß er nicht zu bemerken schien, gewahrte mit Verwunderung, wie Herr Friedrich Jovers mit seinem Stocke recht unbarmherzig gegen einzelne der alten Büsche stieß, während doch, wie von einem frohen Entschluß, ein stilles Lächeln auf seinem Antlitz lag.

Plötzlich aber richtete Herr Friedrich sich auf und schritt aus dem Kirchhofe in die Stadt hinein; er schritt nicht seiner Wohnung zu, sondern die lange Osterstraße hinauf, wo das Haus des Meisters Hinrich Hansen lag.

Und acht Tage später, an einem sonnigen Spätnachmittage, hielt der Chaisewagen des Senators wieder vor dessen Haustür; die Reisenden samt Kind und Kindsmagd waren heimgekehrt. Als der schlafende Erbe glücklich vom Wagen und oben in der Kinderstube untergebracht war, lief die junge Frau, wie zu neuer freudiger Besitznahme, durch alle Räume ihres Hauses, und als sie hier überall gewesen war und, dank der alten schwiegerelterlichen Köchin, alles in musterhafter Ordnung vorgefunden hatte, schritt sie langsam den Gang hinab, der an der Küche vorbei zur Hoftür führte. Ihr Gesicht war plötzlich ernst geworden, und es dauerte eine Weile, bevor sie die Klinke aufdrückte und hinaustrat.

Allein so zögernd sie hinausgegangen war, so rasch kam sie jetzt zurück; sie flog fast an der Küche vorüber nach dem Hausflur; ihre Augen strahlten. »Christian, Christian Albrecht!« rief sie. »Wo steckst du? Komm doch, komm geschwinde!«

Da trat er schon mit heiterem Antlitz aus der Schreibstube auf sie zu.

»Komm!« rief sie nochmals und ergriff ihn bei der Hand. »Ein Wunder, Christian Albrecht, ein wirkliches Wunder! Wie aus dem Döntje von dem Fischer un sine Fru! Ein schwarzer jütscher Topf, ein Haus, ein Palast; immer höher und höher, und dann eines angenehmen Morgens – ›Mantje Mantje Timpe Te!‹ –, da sitzen sie wieder in ihrem schwarzen Pott!« Und sie sah mit glückseligen Augen zu ihrem Mann empor.

Auch aus seinen guten Augen leuchtete ein Strahl des Glückes. »Ich habe es schon gesehen«, sagte er; »aber es ist kein Wunder, es ist viel besser als ein Wunder.«

Und als sie dann Arm in Arm auf den Hof hinaustraten, der wieder hell und frei wie früher vor ihnen lag, da sahen sie die hohe Mauer bis auf ihr altes Maß hinabgeschwunden, und hinter der niedrigen Grenzscheide stand Herr Friedrich Jovers und streckte schweigend dem Bruder seine Hand entgegen.

»Friedrich!«

»Christian Albrecht!«

Die Hände lagen ineinander; aber jetzt erhob Herr Friedrich den Kopf, als ob er nach den Fenstern des elterlichen Hauses hinüberlausche.

»Worauf hörst du, Bruder?« frug ihn der Senator.

Einen Augenblick noch blieb der andere in seiner horchenden Stellung, dann ging ein Lächeln über sein ernstes Gesicht. »Ich meinte, Bruder, daß unser alter Papagei mich riefe, aber er hat es neulich abends schon getan.«

Und als er das gesagt hatte, legte er die eine Hand auf den oberen Rand der Mauer, und mit einem Satze schwang er sich hinüber.

»Mein Gott, Friedrich«, rief Frau Christine, indem sie einen raschen Schritt zurücktrat, »ich habe dich noch niemals springen sehen!« Und dabei standen ihre Augen voll von Tränen.

Er faßte seine Schwägerin an beiden Händen. »Christine«, sagte er, »dieser Sprung war nur ein Symbolum; ich werde künftig wieder hübsch auf ebener Erde bleiben.«

Der Senator blickte heiter in den nun wieder frei gewordenen Luftraum. »Lieber Bruder«, begann er mit bedächtigem Lächeln, »die ganze Mauer war ja eigentlich nur ein Symbolum, außer daß sie denn doch leibhaftig dagestanden, und währenddem der alte Friedebohm sich seine Federn nicht mehr schneiden konnte –«

Herr Friedrich unterbrach ihn: »Wenn's gefällig wäre, so nehmet noch einmal euere eben abgelegten Hüte und begleitet mich auf einer kurzen Promenade!«

»Was du willst, Friedrich!« rief Frau Christine. »Alles, was du willst!« Und da Herr Christian Albrecht gleichfalls einverstanden war, so gingen sie miteinander durch das elterliche Haus, und Herr Friedrich führte sie den bekannten Weg hinten um die Stadt, an der grünen Marsch entlang und wieder in die Stadt hinein.

Sie hatten längst bemerkt, daß er sie zu dem in Streit befangenen Garten führte; aber sie fragten nicht, sie gingen schweigend und in freudiger Erwartung neben dem Bruder her.

Am Eingange empfing sie der alte Andreas, die Steigharke in der Hand, ein schelmisches Schmunzeln im Gesicht. Alles zeigte sich in

schönster Ordnung; an den jungen Apfelbäumen waren alle Blütensträuße aufgebrochen.

Herr Friedrich beschleunigte seine Schritte, während er den Muschelsteig zum Pavillon hinauf-, dann aber an demselben vorbei und nach
der Kirchhofseite zuschritt. Als sie hier aus dem Gebüsch hinaustraten,
stieß Frau Christine einen leichten Schrei aus, wie er sich in freudiger
Überraschung so anmutig von dem Frauenherzen löst; denn an der
Stelle des krüppelhaften Zaunes, welcher sonst die Scheide gegen den
Kirchhof hin bezeichnet hatte, erhob sich vor ihnen eine stattliche
Mauer, wie Herr Christian Albrecht sie sich immer hier gewünscht
hatte. »Nun, gewißlich«, rief die hübsche Frau, »da steht es vor uns,
auch die Liebe kann –«

Aber Herr Friedrich nahm ihr das Wort vom Munde. »Die Frau
Schwester meinen«, sagte er höflich, »Meister Hansens Leute können,
wenn auch keine Berge, so doch eine Mauer recht gescheit versetzen;
mich selber anbelangend, so habe ich hierbei auf des Herrn Bruders
gütigen Konsens gerechnet. Und, Christian Albrecht«, fuhr er in herz-
lichem Tone fort, indem er sich zu seinem Bruder wandte, »hiemit, so
du gleichen Sinnes bist, ist unser Prozeß am Ende; du hast das Urteil
unseres Magistrates für dich; meinen Einspruch habe ich zurückgezogen.
Tue du nun ein übriges und bestimme als der Älteste, wie es mit dem
Garten soll verhalten werden! Wie du die Teilung vornimmst, ich bin
es jedenfalls zufrieden.«

Herr Christian Albrecht hatte dieser Rede zugehört wie einer, welcher
zugleich einem eigenen Gedanken nachgeht. »Ist das dein Ernst,
Friedrich?« sagte er, seinem Bruder voll ins Antlitz sehend; »dein
wohlbedachter Ernst?«

»Mein voller, wohlbedachter Ernst«, erwiderte Herr Friedrich ohne
Zögern.

»Nun denn«, rief Christian Albrecht freudig, »so teilen wir gar nicht,
Bruder Friedrich! ›Jovers' Garten‹ hat es hier von Großvaters Zeiten
her geheißen, so darf es jetzt nicht Christian Albrechts und Friedrichs
Garten heißen!«

Einen Augenblick lang zogen Herrn Friedrichs dunkle Brauen sich
zusammen, als ob er über einen Gewaltstreich seines Bruders zürnen
müsse; dann aber wurde es plötzlich hell auf seinem Antlitz, wie Christian Albrecht in so raschem Wechsel es nur bei ihrem Vater einst gesehen hatte. Lebhaft ergriff er seines Bruders Hand: »Topp, Christian

Albrecht! Aber wie war's nur möglich, daß dies damals keinem von uns beiden eingefallen ist?«

Herr Christian Albrecht lächelte. »Ich glaube, Friedrich, wir haben damals beide etwas laut geredet; da konnten wir die eigene Herzensmeinung nicht vernehmen.«

Frau Christine, die in stiller Freude dem Gespräch der Brüder zugehört hatte, hob jetzt ihre Uhr empor, die sie, noch von der Reise her, an einem schweren Gürtelhaken bei sich führte. »Vesperzeit, wenn's beliebet!« rief sie. »Und Friedrich, du speisest doch heut abend bei uns? 310 Die alte Margret wird schon löblich vorgesehen haben! Freilich – deine perdrix aux truffes, die hast du ein für allemal verlaufen.«

Es wer zu Ende Juli. Frau Antje Möllern saß bei Frau Nachbarn Jipsen auf der Beischlagsbank und erzählte dieser noch einmal, wie schon mehreremal zuvor, daß es nun nichts nütze, da drüben noch länger hauszuhalten; denn die da – und sie nickte nicht eben sanft nach dem alten Kaufherrnhaus hinüber – haben nun auch Herrn Friedrich Jovers ganz in ihren Schlingen; sie, Antje Möllern, habe dies dem letzteren auch rundheraus gesagt und dann zugleich auf Michael gekündigt; und Frau Nachbarn Jipsen erwiderte darauf, heute gleichfalls nicht zum ersten Mal, daß sie das alles längst vorausgesehen habe.

Unten im Ratsweinkeller saß an diesem warmen Nachmittage der goldene Advokat und demonstrierte dem Herrn Stadtsekretär, der aus den oberen Rathausräumen zu einem kühlen Trunk herabgestiegen war, wie er die scharfsinnigen Deduktionen seiner Klage- und Replikrezesse, welche – ganz sub rosa – denn doch über den Horizont des ehrenwerten Magistrats hinausgingen, nun leider ganz umsonst geschrieben habe; und der stets höfliche Herr Stadtsekretär tupfte dem Goldenen recht freundlich auf die Schulter und sagte lächelnd: »Umsonst, Herr Siebert Sönksen? Doch wohl nicht ganz umsonst! Da müßten wir die Herren Jovers sonst nicht kennen!« – Und der Goldene lächelte gleichfalls und griff behaglich nach seinem Spitzglas Roten.

Draußen in den Gärten aber war es in der Stachelbeerenzeit, und in »Jovers' Garten« war heute überdies ein großer Familienkaffee. Der Herr Onkel Bürgermeister und der Herr Vetter Kirchenpropst mit ihren Frauen waren da, und der alte Friedebohm und der alte Andreas waren da, jeder an dem Platze, der ihnen zukam, und der alte Papagei saß auf seiner hohen Stange vor dem Pavillon, und auch Musche Peters in seinem neuesten Anzug mit einer kleinen Zopfperücke fehlte nicht. Selbst den kleinen Erbprinzen hätte man in seinem Kinderwagen an einem stillen Schattenplätzchen finden können, freilich bis jetzt nur schlummernd unter der Hut der treuen Kindermagd. Im Innern des Pavillons aber, vor den weit geöffneten Flügeltüren, waltete Frau Christine des blinkenden Kaffeetisches, während drunten vor der Staketpforte sich zusammendrängte, was die kleine Gasse an neugierigen Weibern und lustiger Jugend aufzubieten hatte. Die Weiber erzählten sich von der guten seligen Frau Senatorn und nickten dabei nach der innern Wand des Pavillons hinüber, wo die unermüdliche Dame Flora nach wie vor mit ihrer Rosengirlande tanzte; die Buben dagegen, sie sich allmählich den ersten Platz vor der Pforte erobert hatten, wiesen mit ausgestreckten Armen nach den großen roten Stachelbeeren, die auf den Rabatten in schwerer Fülle an den Büschen hingen. Mitunter hörte man sie den Namen des jungen Herrn Senators nennen; sie schienen auf ihn zu warten, dessen milde Hand ja auch nach dem Hintritt der guten alten Frau Senatorn noch vorhanden war. »Da kommt he! Kiek mal, da kommt he!« riefen ein paar von ihnen, deren gierige Augen eben einen Schimmer seines pfirsichfarbenen Rockes erspäht hatten; aber sie wurden plötzlich stille, als sie ihn an der Seite des gefürchteten Herrn Friedrich Jovers aus einem belaubten Seitengange treten sahen.

Die beiden Brüder gingen schweigend nebeneinander; aber auf ihrem Antlitz lag noch der friedliche Ausdruck des traulichen Gespräches, welches sie vorhin die einsameren Seitengänge hatte aufsuchen lassen. Auch jetzt noch wandten sie sich nicht wieder zur Gesellschaft, sondern schritten in stummem Einverständnis den breiten Muschelsteig hinab.

Ihnen im Rücken hatte inzwischen Musche Peters sich der Papageienstange genähert und suchte in Ermangelung gleichberechtigter Unterhaltung mit dem gefiederten Gaste in bescheidenem Flüstertone anzuknüpfen; sogar ein Stückchen Zucker wagte er dem Papchen hinzuhalten. Aber der grüne Unhold schien für diese Aufmerksamkeit keinen Sinn zu haben; statt nach dem Zucker hackte er nach Musche Peters' Finger und schrie dann gellend, als wolle er's nun ein für allemal gesagt haben: »Komm röwer!«

Als der Schrei des Vogels das Ohr der beiden Brüder erreichte, flog über Herrn Friedrichs Angesicht ein Schatten, wie aus jener Nacht, von der er seinem Bruder heut zum ersten Mal gesprochen hatte. Der Senator aber faßte seine Hand und sagte leise: »Mein Friedrich, das hat jetzt keine Bedeutung mehr; du bist nun ein für allemal herüber.«

Als Herr Friedrich hierauf den Kopf erhob, um seinen Bruder anzublicken, blieben seine Augen auf dem Bubenhaufen vor der Pforte haften, und die finstere Miene wurde von einem fast schelmischen Lächeln fortgedrängt. »Keine Bedeutung mehr?« sagte er, die Worte des Bruders wiederholend. »Meinst du, ich verstünde ganz allein die Papageiensprache?« Und ohne eine Antwort abzuwarten, rief er mit lauter, kräftiger Stimme: »Holla, Jungens, wat seggt de Papagoy?«

Da kam zuerst eine noch etwas zaghafte Stimme, dann aber eine nach der andern, und immer lauter und lauter: »›Komm röwer! Komm röwer!‹ seggt de Papagoy.«

Und lustig winkend, erhob Herr Friedrich den Arm: »Nun denn, alle Mann hoch: ›Komm röwer!‹« Und ebenso lustig wies seine Hand nach den brechend vollbeladenen Stachelbeerbüschen.

Zuerst sahen die Jungen nur einander an und flüsterten angelegentlich mitsammen; sie konnten sich's nicht denken, daß der böse Herr Friedrich Jovers mit einem Male so erstaunlich gut geworden sei. Als aber jetzt die beiden Herren Jovers in ein unverkennbar herzliches Lachen ausbrachen, da war kein Halten mehr, einer wollte noch eher als der andere, und bald sprang und fiel und purzelte der ganze Schwarm über die Pforte in den Garten hinab, und unter jeder Stachelbeerstaude saß mit lachendem Angesicht ein unermüdlich schmausender Junge.

»Christian Albrecht«, sagte Herr Friedrich, den Arm um seines Bruders Schultern legend, »wenn erst deine Jungen hier so in den Büschen liegen!«

Da erscholl hinter ihnen vom oberen Teil des Gartensteiges ein helles fröhliches »Bravissimo!«, und als sie sich hierauf umwandten, da stand in der offenen Tür des Pavillons inmitten aller Gäste die junge anmutige Frau Senatorin, mit emporgehobenen Armen hielt sie den Brüdern ihr eben erwachtes Kind entgegen, das mit großen Augen in die bunte Welt hinaussah.

313

314

# Zur »Wald- und Wasserfreude«

Im dritten Hause von der Marktecke, wo in dem Schaufenster der Tempel aus weißem Tragant mit Rosengirlanden und fliegenden Amoretten zwischen einer Garnitur von Franz- und Sauerbrötchen prangte, wohnte derzeit Herr Hermann Tobias Zippel. Er hatte vordem in einer andern Stadt des Landes allerlei Handelsgeschäfte getrieben, war aber, nachdem er sich solcherweise ein kleines Vermögen erworben hatte, seiner unruhigen Natur gemäß von dort verzogen, um einmal anderswo was anderes zu beginnen. In seinem jetzigen Hause hatte er eine Konditorei und eine Bäckerei errichtet, deren notwendige Verbindung dem beschränkten Geiste dieser Stadt bisher noch unentdeckt geblieben war; nach Erbauung des weißen Traganttempels wurde dann auch noch eine Tapetenhandlung angelegt; das heißt, was man wirklich so Tapeten nennen konnte; denn vor ihm, wie er händereibend zu versichern pflegte, hatten die Leute sich ihre Stuben nur mit aller Art von buntem Löschpapier verkleistert.

Herr Zippel war ein blasses Männchen mit vollem dunklem Haupthaar, das er, um seinem arbeitenden Gehirne Luft zu schaffen, alle Augenblicke mit seinen fünf gespreizten Fingern in die Höhe zog. Wohl zehnmal in einer Stunde, gleiche einem Marionettenmännchen, erschien und verschwand er in dem Rahmen seiner allzeit offenen Haustür; und den an dem gegenüberliegenden Straßenfenster strickenden Damen begann etwas zu fehlen, sobald das gewohnte Spiel einmal versagte.

Das einzige Kind des Hauses war eine Tochter, ein braunes, grätiges Ding mit zwei langen schwarzen Zöpfen und damals kaum dreizehn Jahre alt. In der Taufe hatte sie den Namen »Rosalie« erhalten, und wenn Herr Zippel, sei es pathetisch oder auch nur zornig war, dann wurde sie auch so von ihm gerufen, für gewöhnlich aber nannte man sie, aus Gott weiß welchem Grunde, »Kätti«. Herr Zippel schickte seine Tochter in die beste Mädchenschule, aber sie war eine berufen schlechte Schülerin. Nur in der Geographiestunde pflegte sie mitunter aufzumerken; der Lehrer war einst in vielen Ländern herumgekommen, und seine Vorträge gewannen zuweilen den Ton der Sehnsucht in die weite, weite Welt; dann starrten ihn die schwarzen Augensterne an, und die mageren Arme des Kindes reckten sich über den Schultisch immer weiter ihm entgegen. Auch in den Klavierstunden, die ihr der

Vater geben ließ, blieb sie nicht dahinter; ja, sie zeigte bisweilen eine Auffassung, die über ihre Jahre hinauszugehen schien; und es konnte dann wohl geschehen, daß sie mitten im Stücke aufsprang und davonlief, als ob was Fremdes über sie hereingebrochen sei.

Aber der schwere Klavierkasten, der so fest gegen die Wand geschoben stand, war nicht das Instrument, das ihre eigenste Natur verlangte. Ein solches, das sie bis jetzt nur in den Händen durchziehender Künstlerinnen gesehen hatte, sollte ihr erst jetzt zuteil werden.

Auf dem Boden des langgestreckten Hauses befand sich nach dem Hofe zu eine Giebelstube, in welche unlängst bei Beginn des Sommersemesters ein schon älterer Primaner eingezogen war. Aus irgendeinem Winkel hatte Kätti von rot bemützten jungen Herren nebst vielen Büchern auch eine Gitarre hineingetragen und mit verlangenden Augen hinter der sich schließenden Stubentür verschwinden sehen. Aber eines Nachmittags, da sie ihren Hausgenossen sicher in seiner Gelehrtenschule wußte und während sie selber freilich in ihrer Mädchenschule sitzen sollte, huschte sie leise über den Boden und blickte durch die geöffnete Tür in die leere Stube. Als sie die Gitarre gegenüber an der Wand hängen sah, schlüpfte sie hinein und zog hinter sich die Tür ins Schloß. 139

Ebenso ging es am folgenden Nachmittage und noch ein paar Tage weiter; endlich kam Klage aus der Mädchenschule: Kätti hatte die letzte Woche jeden Nachmittag gefehlt. Es war kein Zweifel, sie mußte sich bis dahin zierlich durchgelogen haben; nun aber brach das Wetter über sie herein. Herr Zippel erinnerte sich plötzlich ihres Taufnamens; mit gesträubtem Haupthaar lief er im Hause umher; den Brief der Lehrerin hielt er in der einen Hand und schlug ihn mit der andern. »Rosalie!« rief er, »Rosalie! Wo hat das Unglückskind sich wieder hinverflogen!«

Endlich, irgendwoher, erschien sie vor ihm; halb lauernd, halb ängstlich sah sie ihren Vater an. »Weißt du, daß du mein einziges Kind bist«, sprach Herr Zippel nachdrücklich, »und daß deine Mutter in der Erde ruht?«

Kätti ließ das Köpfchen hängen, daß ihr die langen Flechten über die Brust herabfielen.

»Kannst du lesen?« fragte Herr Zippel wieder.

Sie antwortete nicht.

»Da!« sagte er und gab ihr den Brief der Lehrerin. »Versuch es; aber es ist geschriebene Schrift! Wie kann man geschriebene Schrift lesen, wenn man nicht zur Schule geht!«

»Ich kann wohl lesen!« sagte sie trotzig und erschrak doch, als sie einen Blick hineingetan hatte. Aber sie kannte ihren Vater, sie mußte ihn ruhig austoben lassen.

Er hatte den Brief ihr aus der Hand gerissen und vollzog an diesem aufs neue seine symbolische Züchtigung; dabei sagte er seiner Tochter, sie würde seinen sauer erworbenen Ruf zugrunde richten, sein schwarzes Haar würde vor Weihnachten noch weißer als der Schnee sein und sie selber würde am Ende ihres Lebens an einem sehr hohen Galgen hängen.

Das war denn doch zuviel; Kätti brach in bittere Tränen aus.

»Aber, Unglückskind, was hast du denn getrieben?« Herr Zippel hatte ihre Hände ergriffen und blickte zweifelnd und ratlos auf sie hin.

»Ich habe nicht gefaulenzt«, sagte Kätti.

»Nicht gefaulenzt? Aber was denn sonst?«

»Ich habe nur was anderes getan, als was sie in der Schule tun!« Und dabei zeigte sie ihrem Vater die Fingerspitzen ihrer beiden Händchen.

Herr Zippel besichtigte eine nach der andern mit wachsendem Erstaunen. »Aber, zum Erbarmen! die sind ja alle wund, die einen noch schlimmer als die andern!«

»Ja«, sagte Kätti, »das ist auch nicht so leicht!«

»Aber, um des Himmels willen, wo hast du denn gesteckt?«

Sie schwieg einen Augenblick, dann sagte sie: »Ist der Primaner zu Hause?«

»Der Primaner? Nein, der ist eben fortgegangen. Aber was soll denn der Primaner?«

»Komm!« sagte sie. Und schon hatte sie ihres Vaters Hand ergriffen und zog ihn mit sich fort: die Treppe hinauf, über den Boden, dann in das Giebelstübchen.

Rasch langte sie die Gitarre von der Wand, setzte ihr eines Füßchen auf ein dickes Lexikon, das auf dem Fußboden lag, und ein paar voll gegriffene Akkorde erklangen unter ihren Fingern.

Herr Zippel stand mit untergeschlagenen Armen und weit aufgerissenen Augen gegen die Wand gelehnt. Er hatte eine Lieblingskanzonetta. »Kätti«, sagte er mit vor Erwartung bebender Stimme: »Es ritten drei Reiter zum Tore hinaus!«

Kätti hatte es tausendfach von ihrem Vater singen, pfeifen und brummen gehört; es war auch das erste gewesen, wozu sie sich die Begleitung auf dem Instrument zusammengelesen hatte. Und nun, während die kleinen Finger aufs neue das Griffbrett faßten, hub sie an und sang mit ihrer etwas schrillen Kinderstimme: »Es ritten drei Reiter zum Tore hinaus, ade!«

»Ade!« sang Herr Zippel schüchtern und wie fragend mit.

»Und wenn es denn soll geschieden sein –«

Herr Zippel hatte sich hoch aufgerichtet; seine Augen begannen zu leuchten, bald schlug er die Hände über dem Rücken ineinander, bald 141 fuhr er damit durch seine aufgeregten Haare; dann aber, als der Refrain wiederkehrte, setzte er mutig mit seiner scharfen Tenorstimme ein, und bald sangen Vater und Tochter miteinander, daß es durch Haus und Boden schallte:

Ade, ade, ade!
Ja, Scheiden und Meiden tut weh!

»Rosalie! Mein Kind, mein Genie!« Herr Zippel schloß das winzige Geschöpfchen in seine Arme und betaute es mit seinen Tränen. »Ja, ja, die alte Schulmamsell mit ihrem Strickstrumpf, mit ihrer trockenen gelben Jungfernnase, was weiß auch die –«

Als er infolge eines Geräusches umblickte, stand die dicke Magd mit ihrem Kochlöffel in der offenen Stubentür. »Herr Zippel, vorm Laden ist ein Junge, der will für'n Schilling Butterkringel!«

»Der Junge soll zum Teufel gehen!«

»Aber, Herr Zippel!«

»So ruf den Burschen!«

»Herr Zippel, ich weiß nicht, wo der Bursche ist.«

»Nun, so gib ihm selbst die Kringel!«

»Aber ich bin nicht für den Laden, Herr Zippel!«

Er stieß die dicke Magd zur Seite und rannte scheltend über den Boden in das Unterhaus hinab. Die Magd sah ihm ruhig nach und watschelte dann langsam hinterdrein.

Kätti war allein. Sie setzte sich ans Fenster, hauchte auf ihre Fingerchen, stützte dann ihr Köpfchen an den Hals der Gitarre und blickte nachdenklich in das Gezweige des großen im Hofe stehenden Walnußbaumes, wo ihr grauer Kater »Nickebold« sich mit der Sperlingsjagd beschäftigte. Was half das alles! Das häusliche Ungewitter war zwar vorübergezogen; aber in die dumme Schule mußte sie ja nun doch wieder jeden Nachmittag; und außer den Schulstunden – wann war sie dann vor dem Überfalle des Primaners sicher? – Plötzlich trat ein entschlossener Zug um ihren hübschen Mund; aber da sie eben wie zur Ermutigung einen nach dem andern ihrer eingelernten Akkorde griff, schallten junge Männerstimmen von unten und jetzt schon aus dem Treppenhaus hinauf.

Im Nu hing die Gitarre an der Wand, und Kätti war wie fortgeblasen.

Ein paar Stunden später saß der hübsche Primaner – Wulf Fedders hieß er – in voller Arbeitstätigkeit an seinem Tische. Vor sich hatte er die Tür nach dem weiten Boden offenstehen; vermutlich nur weil der geschlossene Stubenraum ihm seinen Geist beengte; denn er blickte nicht hinaus, sondern war emsig bemüht, für seinen deutschen Aufsatz eine Kette von Satzfolgen zu Papier zu bringen, welche er eben auf einem Spaziergange in Gedanken sich zurechtgelegt hatte. Anmutig schwebte ihm bei seiner Arbeit das sonst so griesgrämige Gesicht des alten Rektors vor; er hatte ihm heute bei seiner Verdeutschung des Thukydides so wohlgefällig zugenickt; Wulf Fedders sah schon deutlich dasselbe Nicken bei Rückgabe dieses Aufsatzes. Und die Feder des jungen Primaners arbeitete behaglich weiter.

Als er aufblickte, stand Kätti ihm gegenüber; es war ihr eigen, plötzlich dazusein, ohne daß man sie hatte kommen hören.

»Du!« rief er. »Bist du schon lange da?«

Sie nickte.

»Was willst du, Kind?« sagte er und betrachtete das braune Köpfchen, das er bisher nur ein paarmal flüchtig hatte vorüberhuschen sehen.

Kätti zeigte auf das vor ihm liegende Papier und sagte: »Haben Sie noch mehr darauf zu schreiben?«

Er schüttelte sein blondes Haar aus der Stirn und lachte. »Noch ein paar Sätze; dann ist's vorläufig genug.«

»Darf ich so lang hierbleiben?«

»Weshalb nicht? Setz dich!« sagte er, indem er schon wieder weiter-

schrieb.

Sie setzte sich auf den Stuhl am Fenster; aber ihre Augen ruhten unablässig auf dem Antlitze des Schreibenden, als wolle sie erwägen, was hinter den gesenkten Lidern sich verbergen möge. Als er dann die Feder wegwarf, schrak sie fast zusammen. »Fertig!« rief er. »Nun, Kätti? – Du heißt doch Kätti?«

»Ja, Kätti.«

»Nun, so komm her und sprich, was du auf dem Herzen hast!«

Sie war zögernd wieder vor den Tisch getreten. »Wollen Sie auch nicht böse werden?«

»Das werd ich nicht so leicht; aber ich kann's dir doch im voraus nicht versprechen.«

Sie besann sich eine Weile. »Dann mögen Sie auch böse werden«, sagte sie und zeigte nach der Wand; »ich habe alle Nachmittag auf Ihrer Gitarre da gespielt.«

»Und weshalb erzählst du mir das jetzt? Nur weil es die Wahrheit ist?«

Sie schüttelte heftig mit dem Kopfe.

»Nein? Aber weshalb denn?«

»Ich möcht es lernen«, sagte sie leise; »aber es ist hier keiner, der darin Stunden gibt!«

»Ja so! – Nun, Fräulein Kätti, was ich davon verstehe, ist zu Diensten!«

Freudenrot und zitternd folgte das Kind mit seinen dunkeln Augen, wie er jetzt die Bücher fortschob und die Gitarre von der Wand herunterlangte.

Und somit wurde das erste Ringlein fertig als Glied zu einer feinen unsichtbaren Kette.

Wie von selbst wurden die Stunden herausgefunden, in denen der kleine musikalische Verkehr sich ungestört entfalten konnte; Kätti säumte nicht, zu kommen, und auch Wulf Fedders blickte mitunter über seine Bücher nach der halb offenen Stubentür, ob denn das braune Köpfchen noch nicht durch die Spalte gucke. Wenn sie dann eintrat, hatte er oftmals Mühe, seine bewundernden Augen abzuwenden, damit – so warnte er sich selber – das Kind nicht eitel werde. Er hatte freilich nicht gesehen, wie sie kurz zuvor an ihrem aufgezogenen Schubfache kniete, um ein bestes Krägelchen oder ein anderes Putzstück daraus hervorzukramen; hatte er doch nicht einmal bemerkt, daß erst seit ein paar Tagen eine rote Seidenschleife gleich einem angeflogenen Schmetterling auf ihrem schwarzen Haare saß.

Übrigens waren Kättis musikalische Fortschritte unverkennbar; was der junge Lehrer an Griffen und Fingersatz ihr beizubringen wußte, war alles rasch erlernt worden. Dagegen kam eines Tages wieder Klage aus der Mädchenschule; als Wulf Fedders nach der Klasse in das Haus trat, zog Herr Zippel ihn in die Stube und rief ihn gegen das ungelehrige Kind zu Hilfe. Und der blonde Primaner, unter dessen Scheitel sich neben anderem auch ein Quintchen Altklugheit versteckte, redete zu Herrn Zippels Entzücken in das arme Ding hinein, daß sie schier verblasen dastand und in den nächsten Tagen brennend fleißig war.

Ganz anders freilich geschah es, wenn sie oben in der Giebelstube saßen, wo die grünen Zweige des Nußbaums in das offene Fenster nickten und wo von solchen heiklen Dingen nie die Rede war. Zwar hatte bei Wulf Fedders die Gitarre keine weitere Bedeutung als das Vögelsingen, wenn Frühling ist; dennoch hörte es sich anmutig, wenn er mit seinem weichen Bariton aus seinem Liederschatz zum besten gab.

> Ein Vöglein singt so süße
> Vor mir von Ort zu Ort!

Wenn er das anhub, saß Kätti gewiß auf ein paar übereinandergepackten Büchern zu seinen Füßen, und wenn er geendet hatte, sprach sie ebenso gewiß: »Noch einmal, bitte!« Und dann sang er es noch einmal. Der Worte dieses Liedes wurde sie sich kaum bewußt, es war ihr nur die Melodie zu der sich dunkel regenden Empfindung, mit der sie in das hübsche Jünglingsantlitz blickte.

Eine unschuldige Heimlichkeit begleitete dies Beisammensein. Kätti schwieg gegen jedermann, aus unbestimmter Furcht, es könne ihr geraubt werden; den jungen Primaner aber hielt eine sehr bewußte Scheu zurück, seinen Verkehr mit dem eigenartigen Backfischchen der Kritik seiner Kommilitonen auszusetzen. Und da Kätti für jeden Ton das feinste Ohr hatte, so entging es ihr nie, wenn unten durch die Haustür ein Gymnasiastenschritt hereinstürmte. Bevor er noch die unterste Treppenstufe erreicht hatte, war sie jedesmal verschwunden und huschte später aus irgendeinem Bodenwinkel in das Unterhaus hinab.

Und dennoch einmal! Wulf Fedders hatte eben ihr Lieblingslied gesungen, und Kätti saß vor ihm auf ihren dicken Büchern, die dunkeln Augen wie im Traum auf ihn gerichtet, die eine ihrer schwarzen Flechten um die Hand geschlungen.

Die Blumen in dem Walde,
Die Blumen auf der Halde,
Die blühn im Dunkeln fort.

Er hatte kaum geendet, da trat, ohne daß eines von beiden es bemerkte, der »forscheste« aller künftigen Studenten in das Zimmer und warf mit einem derben »'n Morgen!« – es war nicht einmal Morgen – seine rote Mütze neben ihnen auf den Tisch.

Im Nu war Kätti aufgesprungen und flog an ihm vorüber.

»Was war denn das für eine schwarze Katze?« rief der Forsche.

»Es ist die Wirtstochter«, erwiderte Wulf nicht ohne sichtbare Verlegenheit.

Der andere klopfte ihm vertraulich auf die Schulter. »Ja so! – Du scheinst mit ihr zu schwärmen, alter Freund!«

»Sie ist ein Kind; sie hatte mir den Tee gebracht.«

Kätti stand noch hinter der offenen Stubentür und machte mit ihren kleinen Händen ein paar Krallen gegen den groben Eindringling, bevor sie ganz verschwand. Mit ihrem Freunde war sie wohl zufrieden. »Wirtstochter!« Nur »die Wirtstochter«! Das Wort war ihr eben recht; auch er hatte nichts verraten wollen.

– – Aber das letzte Semester des Schülerlebens ging zu Ende. Als Wulf Fedders, um von seinem Wirte Abschied zu nehmen, in dessen Wohnzimmer trat, kam ihm dieser mit einer Rolle in der Hand entgegen. »Leben Sie wohl, Herr Fedders«, rief er; »es ist ganz recht, daß Sie dem Nest den Rücken kehren! Sehen Sie da!« Und er entrollte eine wirklich prächtige Tapete. »Zehn Mark Kurant per Stück, ich hab sie selbst für feste Rechnung; aber glauben Sie, daß diese knickerige Gesellschaft auch nur zu einem Ofenschirm davon gekauft hat? Wenn Sie wieder diese werte Stadt besuchen sollten, nach Hermann Tobias Zippel brauchen Sie nicht mehr zu fragen.«

Kätti wurde vergebens gerufen; erst als das Fortrollen des Wagens durch das Haus dröhnte, schlüpfte sie oben aus einem dunkeln Seitenraume des Bodens.

In der Giebelstube war alles ausgeräumt; nur die Gitarre hing noch an der Wand. »Für Kätti« stand auf dem Zettel, der durch die Saiten geschlungen war. Jetzt wurde leis die Tür geöffnet, und auf den Zehen, als fürchte es auch jetzt noch, überrascht zu werden, schlich das Kind herein. Als sie die Worte auf dem Papierstreifen gelesen hatte, drückte sie ihre Lippen darauf und brach in lautes Schluchzen aus.

Zum Amtsbezirke der Stadt gehörig, aber reichlich eine Meile südwärts, lag ein großes Dorf; im Rücken Buchen- und Tannenwälder, vor sich das breite silberne Band eines Flusses, der ein weites Wiesental durchströmte. Auf einem Vorsprunge oberhalb des Wassers stand der Kirchspielskrug mit seinem alten wetterbraunen Strohdache, den seit Menschengedenken stets der Sohn von dem noch immer rüstigen Vater überkommen hatte. Land- und Gastwirtschaft gingen Hand in Hand: die Gäste fanden neben bäuerlicher Behaglichkeit billige Preise, frische Butter zum selbstgebackenen Brote und goldgelben Rahm zum wohlgekochten und geklärten Kaffee.

Unterhalb des Gartens, der sich schräg abfallend bis fast an das Flußufer hinabzog, war das Abnahmehaus, wo noch vor kurzem der Vater des letzten bäuerlichen Wirtes wohnte. Zwar hatte auch er, gleich seinen Vorvätern, den Staven mit allen Gerechtigkeiten seinem Sohne abgetreten; aber an Sonn- und Festtagen, wenn die Gäste zu Wasser und zu Lande aus den benachbarten Städten heranzogen, stieg er in seinem besten Staate nach seiner alten Wirtschaft hinauf, um vorne in der kleinen Gaststube den Ausschank zu verwalten und dabei seine Geschichten von Anno damals an den Mann zu bringen. Und selbst die Stammgäste hörten es gern noch einmal, wie er im Walde drüben den großen Wildeber von seines Vaters gelben Sauen abgejagt oder wie er drunten am Flusse den Ottern aufgelauert hatte, die in mondhellen Nächten an dem Dorf vorbeigeschwommen waren.

Aber die bäuerliche Besitzer hatten Haus und Garten verkauft und sich weit vom Dorfe auf ihr Land hinausgebaut; und mit ihnen verschwanden neben den alten Geschichten auch die billigen Preise, der goldgelbe Rahm und die frischgekarnte Butter.

– – Der neue Wirt war Herr Zippel. Es schien unglaublich, was er alles leistete, noch mehr, was er alles leisten wollte. Sein jetzt schon ziemlich angegrautes Haar befand sich stets im Zustande höchster Aufgeregtheit; er wollte zeigen, was aus diesem Erdenfleck zu machen sei, den seine dummen Vorgänger so lange als totes Kapital von Hand zu Hand gegeben hatten; nicht einmal einen Namen hatte sie für ihr »Etablissement« ersinnen können. Es sollte gründlich anders werden.

Und schon war der hinter der Gaststube liegende Tanzsaal durchbrochen worden und daran nach der Flußseite eine große Veranda in den Garten hinausgebaut. Eben wurde von den Zimmerleuten eine schwere Bekrönung darauf befestigt, welche auf blauem Grunde in goldenen Buchstaben eine fußhohe Inschrift in die Welt hinausstrahlte.

Herr Zippel selber stand betrachtend der Veranda gegenüber neben einem alten Bauer aus der Nachbarschaft. Der Alte rauchte behaglich seine kurze Pfeife; Herr Zippel hatte die vor fünf Minuten angezündete Zigarre schon bis zur Unkenntlichkeit zerbissen, seine Augen leuchteten, seine Finger spielten unruhig in der Luft; als nun aber endlich da droben der letzte Hammerschlag verhallt war, las er halblaut, mit vor Erregung bebender Stimme: »Hermann Tobias Zippels Wald- und Wasserfreude!« Dann nickte er bestätigend mit dem Kopfe, ergriff den Arm seines Nachbarn und zeigte nach dem Fluß hinab, wo an zwei neuen, weiß und grün gestrichenen Böten dieselbe Inschrift auf dem Wasser schaukelte. 148

»Ja, ja, Nawer«, sagte der Bauer in seinem Platt, »dat kost't wat!« Dann nickte er auch und rauchte ruhig weiter.

Herr Zippel sah ihn fast entsetzt an. »Kost't was, meint Ihr? – Bringt was ein, lieber Freund! Bringt was ein!« Und liebreich, aber mit begeisterter Überlegenheit klopfte er dem Alten auf die Schulter.

»Ihr versteht das nicht«, fuhr er fort, da jener statt der Antwort nur ein paarmal hustete; »wird auch kein Mensch von Euch verlangen!«

Damit führte er den ruhig Fortrauchenden durch die offene Veranda in den Tanzsaal und blieb derselben gegenüber vor einem Pianino stehen, dessen Deckel er mit gewandter Hand zurückklappte.

»Hm!« sagte der Alte, nachdem er sich die Sache eine Zeitlang angesehen hatte.

»Nun?« fragte Herr Zippel.

Und endlich kam die ersehnte Gegenfrage, ob denn die Tochter, »dat lütte Deern«, auf diesem Ding da spiele.

Jetzt aber war Herr Zippel in seinem Fahrwasser: das Kind, das Genie, das sie in ihren roten, fünf Zoll langen Schühchen schon gewesen! Sein unerschöpfliches Thema war angebrochen.

Der alte Nachbar betrachtete unterdessen eine seitwärts angebrachte Einrichtung; es war eine Estrade mit einem kleinen Sitz und einem beweglichen Notenpult davor, alles hübsch in Holzmanier gestrichen und lackiert. Diese Einrichtung war für ein zweites Genie, das der neue 149

Wirt schon innerhalb der ersten acht Tage hier im Dorfe selbst entdeckt hatte. Es steckte in einem kleinen hinkenden Schneider, welcher die Violine spielte, und von dem einmal ein Musikfreund gesagt hatte, es sei schade, daß er nichts gelernt habe. In der Tat aber hatte er sich zu einer Art natürlicher Fertigkeit hinaufgearbeitet, ja mitunter brach durch seine ungeschulten Töne etwas, das aus der Tiefe der Menschenbrust zu kommen schien und selbst den kundigen Hörer stutzen machte. Er hieß Peter Jensen; die Bauern aber, vielleicht in unbewußter Anerkennung, nannten ihn »Sträkelstrakel«. – Das dürre Männchen saß jetzt fast alle Feierabend auf dem Bänkchen der Estrade und blickte auf ein dunkelfarbiges Mädchen, das schräg ihm gegenüber am Klavier saß. Und nicht nur Tänze und Liedermelodien, selbst eine Mozartsche Sonate hatte die junge Virtuosin mit ihm einstudiert. Herr Zippel unterstützte das nach Kräften, denn es gehörte mit zu seiner »Wald- und Wasserfreude«; während draußen in der Veranda die Gäste seinen Wein tranken und seine »Soupers« und »Dejeuners« verzehrten, sollte vom Saale aus die Kunst ihre höhere Natur ergötzen.

»Seht Ihr, Nachbar«, schloß er seine beredte Auseinandersetzung; »das ist es, was in der Bauernwirtschaft hier gefehlt hat!«

Der Alte nickte ein paarmal, während er wie prüfend mit seiner rauhen Hand das Notenpult betastete. »Süh, süh!« sagte er endlich, ohne aufzublicken, »ward uns' Sträkelstrakel noch up sin olen Dagen en Staatsmus'kant!«

Aber Herr Zippel wurde von einem Arbeiter in den Garten gerufen, und der Alte wanderte langsam hinterher, um zu sehen, was es denn dorten wieder Neues gäbe.

Statt ihrer traten aus der Tür der Gaststube zwei andere Gestalten in den dämmerigen Raum des Saales. Kätti, sie war die eine, obgleich jetzt volle siebzehn Jahre alt, glich fast noch einem halberwachsenen Kinde; nur ihre Wangen waren jetzt sanft gerundet, und das bleiche Braun derselben war von einem roten Hauch durchbrochen. Ihr schwarzes Haar aber trug sie noch immer in zwei langen Zöpfen; sie war eigensinnig, sie wollte es nicht anders, und auch die rote Schleife an der linken Seite durfte niemals fehlen.

Mit ihr, Geige und Bogen in der Hand, war der kleine Musikant hereingetreten. Er pflegte sonst nicht so früh am Nachmittage, sondern erst zu dem stets für ihn bereiten Abendbrot sich einzustellen; aber heute galt es, die Mozartsonate zu dem Einweihungsfeste der Veranda einzuüben. Nun hatte er auf den Ruf seiner jungen Meisterin mitten im Tagewerke Nadel und Bügeleisen fortgeworfen.

Es war etwas Stilles in der Erscheinung des Mädchens, wie sie jetzt ans Klavier schritt und die Noten auflegte, während der kleine Mann schweigend seinen Platz erkletterte und, den Bogen im Anstrich, erwartend nach ihr hinblickte.

Plötzlich »Allegro, Sträkelstrakel!« rief eine junge Stimme, und dahin brausten die Töne der ungeschulten, aber tapferen Musikanten. Mitunter freilich, wenn es gar zu sorglos überhin ging, gebot dieselbe auch wohl »Halt« und wieder »Halt«; und der Geigenbogen stockte endlich, nachdem er noch eine Weile feurig in die Figuren der nächsten Takte hinausgeschossen war.

Der kleine Geiger hörte sich nicht gern bei seinem Übernamen nennen; wenn aber bei solcher Gelegenheit Kätti ihren Finger hob und mit einer eigentümlich lieblichen Betonung sagte: »Sträkel-Strakel«, dann krümmte er sich vor Wohlbehagen auf seinem lackierten Holzbänkchen, und unermüdlich wurden hierauf die hapernden Takte wiederholt, bis das dunkle Köpfchen nickte und es wiederum mit losen Zügeln weiterging.

Als sie mit der Sonate fertig waren, hob Kätti sich auf den Fußspitzen und langte über dem Klaviere ihre Gitarre von der Wand. »Nun zur Belohnung!« sagte sie, lächelnd auf ihren Spielgenossen blickend, und dieser, als ob er nun das Höchste leisten müsse, drehte emsig an den Stimmwirbeln, klimperte und strich und drückte fast das Ohr an seine Geige.

»Sträkel-Strakel!« rief wiederum die junge Stimme; da kletterte er eilig von seinem Thron herab, und bald wanderten die beiden nebeneinander im Saale auf und ab; sie leicht dahinschreitend und mit ihrer lichten Sopranstimme singend, daß es von den leeren Wänden schallte; er mit seinem lahmen Fuße stets nach einer Seite wippend und zu ihrer Gitarre begeistert seine Geige streichend. Was hatten sie nicht alles schon gesungen, den »Jäger aus Kurpfalz« nicht weniger als »Soviel Stern' am Himmel stehen«. Plötzlich mitten in einem Schelmenliedchen brach sie ab; »Sträkelstrakel!« rief sie, indem sie stehenblieb.

Er war in seinem Perpendikelgange schon um ein paar Schritte weiter; als er Posto gefaßt hatte, wandte er sich um, und das schlichte staubfarbene Haar von seiner mageren Nase streichend, erwartete er ehrerbietig das Orakel aus ihrem jungen Munde.

»Peter Jensen!« sagte Kätti feierlich und nannte ihn bei seinem vollen Taufnamen; »was kann Er geigen!«

»Oh, aber Mamsellchen!«

»Und ist Er auch noch niemals draußen in der Welt gewesen?«

»Draußen in der Welt? – Was soll ich da, Mamsell?«

»Ja«, sagte sie träumerisch und heftete die Augen auf das arme Körperchen des Musikanten, als wolle sie selbst das Wunder nun vollbringen; »wenn Er doch jung und hübsch wäre, Sträkelstrakel!«

Er nickte nachdenklich, als ob ihm das schon wohl gefallen mochte. »Was dann, Mamsellchen?« frug er schüchtern.

»Dann – aber das versteht Er nicht, dann wollten wir beide miteinander in die Welt hinaus!«

Er sagte nichts; er kniff die dünnen Lippen zusammen und sah sie halb anbetend und halb traurig an.

»Nun?« frug sie endlich.

152 Der arme kleine Musikant hatte sie wirklich nicht verstanden, er fand es hier im Dorfe jetzt so schön wie niemals noch zuvor bei seinen jetzt bald vierzig Jahren. »Warum denn in die weite Welt, Mamsellchen?«

»Warum?« – Aber sie blieb selbst die Antwort schuldig; der Anfang eines Liedes tauchte plötzlich in ihr auf, dessen Worte sie kaum jemals recht gefaßt hatte. Wie tastend griff sie einen Akkord und hob mit halber Stimme an:

> Ein Vöglein singt so süße
> Vor mir von Ort zu Ort!
> Oh, meine müden Füße!
> Das Vöglein singt so süße;
> Ich wandre immerfort.

Sträkelstrakel hatte sich selig lauschend gegen die Wand gelehnt, Geige und Bogen müßig in der herabhängenden Hand. »Geht es nicht weiter?« frug er leise, als Kätti nach dieser ersten Strophe schwieg.

»O doch! Aber ich weiß nur noch das Ende!« Dann griff sie wieder in die Saiten und sang aufs neue:

> Wo ist nun hin das Singen?
> Schon sank das Abendrot –

Die Nacht hat es verstecket,
Hat alles zugedecket;
Wem klag ich meine Not?

Kein Sternlein blinkt im Walde,
Weiß weder Weg noch Ort;
Die Blumen an der Halde,
Die Blumen in dem Walde,
Die blühn im Dunkeln fort.

Von der offenen Veranda her erscholl ein lautes Händeklatschen:
»Bravo, bravissimo!« – Herr Zippel war während der letzten Strophe
ein ungesehener Zuhörer gewesen und jetzt im besten Ansatz, seiner
Begeisterung Luft zu machen. Aber Kätti hatte wohl diesmal keine
Neigung gehabt, den Reden ihres Vaters standzuhalten; als er in den
Saal trat, fand er nur noch den kleinen Musikanten, der sich mit seinem
blaukarierten Taschentuch die Augen wischte.

Das Einweihungsfest und noch verschiedene andere Feste, Wald- und
Wasserfahrten, waren unter lebhafter Beteiligung vorübergegangen; als
dann der Winter seine dunkle Eisdecke über den Fluß breitete, standen
Herrn Zippels fröhlich bewimpelte Zelte auf derselben, und aus der an
der Flußmündung belegenen Nachbarstadt flogen Schlitten und
Schlittschuhläufer ab und zu. Der hagere, milzsüchtige Pastor, der die
neue Wirtschaft nie anders als »Zipperleins Wald- und Wasserleiden«
nannte, hatte in seiner Sonntagspredigt schon die deutlichsten Anspie-
lungen auf Sodom und Gomorra fallenlassen.

Dann aber kam die trübe Zeit, wo alles in Tau- und Schlackerwetter
untergeht, und dann der Frühling und der neue Sommer. Die goldene
Inschrift über der Veranda hatte nun schon fast eines vollen Jahres
Glut und Winterungemach bestehen müssen, sie leuchtete nicht mehr
so lustig wie im vorigen Sommer, und vielleicht mochte es damit zu-
sammenhängen, daß jetzt selbst an Sonntagen die Zahl der Gäste nur
eine dürftige war, ja daß man allerlei unbillige und bedenkliche Verglei-
che zwischen dem neuen und dem alten bäuerlichen Wirte anzustellen
begann. Soviel war gewiß, Kätti hatte eine Menge Zeit und wußte nicht
recht, wohin damit. Sie musizierte wohl noch an einzelnen Abenden
mit Sträkelstrakel in dem leeren Saale, sie sang und spielte auch wohl

einmal, wenn Gäste unter der Veranda saßen; aber sie tat das eine mehr, um die schüchtern fragenden Augen des kleinen Musikanten zu befriedigen, das andere nach dem Willen ihres Vaters, dem sie nicht entgehen konnte. Mit den Töchtern der Bauern wußte sie nichts zu reden und diese nichts mit ihr; nur der junge Unterlehrer, ein gutmütiger Mensch mit Plattfüßen und gelbblonden Haaren, saß oft stundenlang neben ihr am Klavier und blickte, gleich Sträkelstrakel, in stummer Anbetung zu ihr auf. Aber was kümmerten sie eigentlich diese beiden Menschen!

Manchmal nahm sie das kleinste der beiden weiß und grün gestrichenen Böte und ruderte den Fluß hinauf, bis wo am Ufer entlang sich große Binsenfelder streckten. Durch einige führte eine Wasserstraße wieder auf die Flußbreite hinaus; in andern gelangte sie nach einer schmalen Öffnung, durch welche das Boot nur mit eingezogenen Rudern hindurchglitt auf einen stillen, rings umschlossenen Wasserspiegel. Hier, an schwülen Sommernachmittagen, legte sie gern ihr Fahrzeug in den Schatten einer hohen Binsenwand; auf dem Boden des Bootes hingestreckt, die schmalen Hände über dem schwarzen Haar gefaltet, konnte sie ganze Stunden hier verbringen. Die Abgeschiedenheit des Ortes, das leise Rauschen der Binsen, über denen das lautlose Gaukeln der Libellen spielte, versenkte sie in einen Zustand der Geborgenheit vor jener doch so nahen Welt ihres Vaterhauses, in der sie immer weniger sich zurechtzufinden wußte.

Da sie nach einer solchen Ausflucht eines Nachmittags durch den Garten ging, sah sie in einer der Lauben den Unterlehrer vor einem leeren Bierglas sitzen. Bei ihrer Annäherung stand er schüchtern auf. »O bitte, Fräulein«, sagte er, »ich habe Ihrer lange hier gewartet.« Da sie aber frug, was er denn von ihr begehre, stammelte er etwas und bat sie endlich, ihm ein Seidel Bier zu bringen.

Kätti ging mit dem Glase in das Haus; als sie in die leere Gaststube trat, sah sie ihren Vater vor einem Papiere sitzen, auf dem er lebhaft mit einem Bleistift hin und wieder arbeitete. »Unausläßlich!« murmelte er. »Unausläßlich! Das reine Wald- und Wiesenwasser! Daß einem das nicht schon im vorigen Sommer eingefallen ist!«

»Was denn, Vater?« frug Kätti.

Aber er beachtete sie gar nicht; sein schon recht grau gewordenes Haar mit allen Fingern in die Höhe ziehend, fuhr er fort zu murmeln und zu stricheln.

Kätti zapfte das Bier ein und ging mit ihrem vollen Seidel fort. Als
sie im Garten zu der Laube kam, stand dort der Unterlehrer und hatte
gleichfalls einen beschriebenen Bogen in der Hand, den er eben ausein-
anderfaltete, in der offenbaren Absicht, seinen Inhalt vorzutragen.
»Fräulein«, sagte er demütig, »Sie werden mich nicht verkennen!«

»Gewiß nicht, Herr Petersen«, erwiderte Kätti, indem sie das Bier
neben ihm auf den Tisch stellte; der Unterlehrer erschien ihr noch
wunderlicher als ihr Vater.

Herr Petersen räusperte sich und begann hierauf zu lesen; aber schon
nach den ersten Versen – denn Verse waren es –, die von der Seligkeit
des Himmels handelten, geriet er ins Stocken und wurde von irgendeiner
ihn bestürmenden Erregung so kirschbraun im Gesicht, daß Kätti sich
im Ernst um ihn zu ängstigen begann.

»Lesen Sie doch weiter, Herr Petersen«, bat sie; »es klingt ganz
hübsch; haben Sie das selbst gemacht?«

Aber er wagte keinen weiteren Versuch; noch einmal, wie in gewalt-
samer Ermutigung, sah er sie mit aufgerissenen Augen an; dann
drückte er hastig das Papier in ihre Hand, und Bier und Mütze auf
dem Tisch im Stiche lassend, stolperte er auf seinen Plattfüßen eiligst
die Steige nach dem Fluß hinab.

Kätti sah ihm ziemlich gleichgültig nach; als sie jedoch in dem anver-
trauten Schriftwerk weiterlas, schlug eine flammende Röte ihr ins Angesicht; auf dem großen Papierbogen in schulgemäßer Schrift und
zwischen ausgelöschten Bleistiftlinien, stand hinter der Seligkeit des
Himmels eine unverkennbar irdische Liebeserklärung, der ein gut bür-
gerlicher Heiratsantrag folgte.

Ihre Hand ließ das Papier zur Erde fallen, und fast zuckte eins der
flinken Füßchen danach hin; aber es kam nicht weiter: Kätti schüttelte
sich nur ein wenig; dann hob sie das verachtete Schriftstück auf und
trug es sorgsam in die Küche, wo eben ein einsames Feuer unter dem
großen Kessel lohte.

Noch einen Augenblick, und die Flammen hatten die ungelegene
Liebeserklärung ergriffen; und Kätti schaute sorgsam zu, bis auch das
letzte Wort davon vernichtet war.

– – Am Abend dieses Tages hatte ein Bruchteil von einer versspreng-
ten Sängerbande sich ins Dorf verschlagen, und Herr Zippel versäumte
nicht, mit derselben für den folgenden Tag eine jener Festivitäten zu
veranstalten, die so wenig den Beifall seines Seelenhirten fanden. Die

Gesellschaft bestand zunächst aus einem Geschwisterpaar, einem Geiger und einer Harfenspielerin; letztere wenig hübsch und mürrisch um sich schauend, aber, gleich dem ansehnlicheren Bruder, von geschmeidigem Wuchse. Neben ihnen war noch eine Gitarrespielerin, ein blondes bewegliches Ding, mit zwei blauen verliebten Augen; sie lief sogleich durch Hof und Haus und machte sich überall zu schaffen. Als draußen der Mond am Himmel stand, schob sie ihren Arm in Kättis Arm und zog diese mit sich in den Garten. »Komm«, sagte sie, »ich muß meinen Mund einmal wieder laufen lassen; da drinnen die Gundel und ihr Bruder könnten einen schier zu Tode schweigen!«

»Was schauen Sie mich denn so an?« fuhr sie fort, als Kätti ihre dunkeln Augen auf dem hübschen lachenden Antlitz ruhen ließ. »Meine Schwester hätten Sie sehen sollen; ach, war die schön! Nur gut, daß ich nicht mehr neben der zu singen brauche; sie hat einen reichen Mann geheiratet; oh, es heiraten viele von uns sehr reiche Männer!«

»So?« sagte Kätti. »Wo wohnt denn Ihre Schwester?«

»In Wien, in einem sehr schönen Hause; ihr Mann ist ein berühmter Uhrenhändler.«

»In Wien?« Kättis Aufmerksamkeit wurde jetzt doch rege. »Kommen Sie so weit herum?«

– »So weit? Wir kommen allenthalben. Aber Sie singen und spielen ja auch; Sie sollten mit uns kommen; was wollen Sie hier länger auf dem Dorfe sitzen! Ich freilich muß noch morgen von den andern fort; ich muß zu meinem schwedischen Grafen, der erwartet mich!«

»Ein Graf!« wiederholte Kätti voll Bewunderung. »Werden Sie sich mit dem verheiraten?«

»Weshalb denn nicht? Erst reisen wir zusammen auf ein paar Monate nach Baden-Baden.«

Kätti kannte den Ort aus ihren Geographiestunden. »Nicht wahr«, sagte sie, »da, wo die vornehmen Leute hinreisen und ihr Geld verspielen?«

Die andere nickte. »Ich bin schon einmal dort gewesen; das sollten Sie sehen, die schönen Menschen, die großen Feuerwerke, als ob auf einmal alle Sterne vom Himmel herunterfallen; wie in einem Märchen, sagt mein Graf!«

Noch lange gingen Kätti und die Gitarrespielerin Arm in Arm auf den mondhellen Gartensteigen; der hübsche Plaudermund des fahrenden

Mädchens wußte immer Neues zu erzählen; vor Kättis Augen stiegen die Zauber der Ferne auf.

> Ein Vöglein singt so süße
> Vor mir von Ort zu Ort.

Sie wußte nicht, warum die Melodie ihr immer vor den Ohren summte.

Etwa vier Wochen später und etwa zwanzig Meilen weiter südlich ins deutsche Land hinein geschah es, daß eines Vormittages Wulf Fedders, der einstige Primaner, jetzt Doctor juris utriusque, in einer mittelgroßen Stadt aus einem Wochenwagen stieg. Eine Weile sah er die Straße hinauf, wo eben Jahrmarkt war, warf noch einen Blick auf das Schild »Zum blauen Löwen«, unter dem der Wagen hielt, und trat dann ins Haus, um sich zur Weiterreise auf der von hier nach Norden hin beginnenden Eisenbahn zu stärken.

In der Tür zur Gaststube ging ein etwas bleicher, aber stattlich aussehender Herr an ihm vorüber, der sich sein weißes Schnupftuch gegen die eine Wange drückte. Der junge Doktor sah das; aber er achtete nicht weiter darauf, sondern setzte sich an einen Tisch und ließ sich auftragen.

Außer einigen Gästen, welche aus und ein gingen, bemerkte er nur ein Musikantenpaar, einen Geiger und eine Harfenspielerin, welche neben dem Eingang saßen und der Stunde zu harren schienen, wo der leere Raum sich wieder füllen würde. Wulf Fedders hatte freilich wenig Teilnahme für seine Umgebung, er schmeckte vielleicht nicht einmal die Speisen, die dessenungeachtet rasch genug von seinem Teller verschwanden; denn in seinem Kopfe kreuzten sich allerlei Gedanken. Er hatte eben seinen »Doktor« cum laude absolviert, und da der Tod beider Eltern ihn in die Lage gebracht hatte, ein paar Jahre vom eigenen Kapital zu zehren, so stand die akademische Lehrkanzel als längst geplantes Ziel vor seinen Augen. Zunächst freilich nach all der angestrengten Arbeit mußte er sich ein paar Monden Ruhe gönnen; das heißt, was solche junge Büchermenschen Ruhe nennen; denn die Doktorabhandlung, die nur eine Quintessenz enthielt, sollte zu einem epochemachenden Werke ausgearbeitet, allerlei emsig gesammelte Drucke und Exzerpte nun erst gründlich benutzt werden. – Als den Ort seiner Sommerfrische hatte er sich das große wald- und wasserreiche Dorf ersehen, in dessen patriarchalischer Krugwirtschaft es ihm an manchem Sommersonntag seiner Primanerzeit so wohl gewesen war. Er dachte es sich lebhaft, wie in solch ländlicher Ruhe das neue Werk gedeihen und wie er außerdem zu gesundheitsstärkenden Wanderungen die Mußezeit benutzen werde. Und dann! Ja, auch das noch kam hinzu: die Stadt seines Schülerlebens war von dort in ein paar Stunden zu erreichen, und in jener Stadt – er wußte das aus bester Quelle – war für die nächsten Monate eine junge Dame auf Besuch, eine blonde blauäugige Majorstochter, die er im letzten Winter bei einem Professorentee gesehen hatte und die seitdem mit dem epochemachenden Buche sich geschwisterlich in sein Herz teilte. – –

Der Doktor Wulf Fedders hatte es nicht bemerkt, daß während seiner nachdenklichen Mahlzeit zwar nicht zwei blaue, aber doch zwei glänzende schwarze Augen unablässig auf ihn gerichtet waren. Als er jetzt aufblickte, sah er eine junge Gitarrespielerin, welche abgesondert mit ihrem Instrumente in der Ofenecke saß. Er erschrak fast, als ihre Blicke sich begegneten; wie um erst sich zu besinnen, wandte er seine Augen ab; dann blickte er wieder hin, um schärfer zu betrachten. Plötzlich stand er auf und ging gerade auf das Mädchen zu, während sie, ohne sich zu regen, ihn näher kommen ließ.

»Kätti?« rief er, als er vor ihr stand.

Sie ließ den Kopf auf ihre Brust sinken. »Ja, Kätti«, sagte sie leise.

Als sie dann die Augen langsam zu ihm aufhob, machte die eigentümliche Schönheit des Mädchens ihn fast verstummen. Erst als aus der Musikantenecke ein herrischer Ruf an sie erging, brach es hervor. »Also zu denen da gehörst du?« rief er – und es war fast derselbe Ton, womit er einst das faule Schulkind abgekanzelt hatte –, »eine fahrende Marktsängerin ist aus dir geworden, und ich selber hab wohl gar noch dazu helfen müssen. Ich kann's mir denken, du hast dich in den jungen Vagabonden da verliebt und bist mit ihm davongelaufen!«

Kätti sah ihn ganz erschrocken an und schüttelte heftig ihr dunkles Köpfchen.

»Nicht? Aber weshalb bist du denn fortgegangen?«

»Ich weiß nicht«, sagte sie schüchtern; »ich glaube, ich mochte nicht mehr mit Sträkelstrakel spielen.«

Er lachte doch. »Was ist das: Sträkelstrakel?«

»Ein kleiner Schneider, der bei uns Violine spielt.«

»Mamsell!« rief es wieder aus der Musikantenecke. »Kommen Sie an Ihren Platz!«

»Und weshalb«, frug der Doktor, ohne auf diesen Ruf zu achten, »sitzest du hier so abseits? Hast du Streit mit jenen Leuten?«

Kätti schwieg erst einen Augenblick; dann sagte sie: »Er ist frech gegen mich gewesen; ich will nicht spielen.«

Wulf Fedders trat an den Musikantentisch.

»Wie kommt Ihr zu dem Mädchen?« frug er drohend; »sie ist guter Leute Tochter.«

Der Bursche sah ihn an und nahm einen Schluck aus dem Glase, das er vor sich hatte. »Weiß schon«, sagte er, »wo sie zu Hause ist!«

»Sie ist ein halbes Kind«, fuhr der Doktor fort, »Ihr könnt dafür bestraft werden, Ihr durftet sie nicht mit Euch nehmen!«

»Sind Sie dabei gewesen, Herr?« rief der Bursche und stieß mit seiner Geige tönend auf die Tischplatte. »Mitten in der Nacht, da wir mit unserm Fuhrwerk eine Viertelstunde hinterm Dorfe waren, ist sie mit ihrer Gitarre aus dem Busch hervorgesprungen; sie hat sich meinem Bräunchen an den Zügel gehängt, daß ich nicht hab fahren können, und hat gebettelt und geweint, daß wir sie mit uns nehmen möchten.«

Der Geigenspieler hielt einen Augenblick inne; denn der Herr, der zuvor hinausgegangen war, setzte sich draußen vor dem Fenster auf die Bank.

»Nun?« rief Wulf Fedders ungeduldig.

»Nun, Herr? – Es fand sich just ein leerer Platz im Karren, weil unsre vorige Mamsell uns durchgegangen war. Da ließ ich sie drauf hinsitzen, um dem Lamento nur ein End zu machen.«

»Der Tausch mag Euch schon angestanden haben«, sagte der Doktor; »Ihr habt Euch wohl nicht gar zu lang bedacht!«

»Meinen Sie, Herr? – Nun, allzuviel hat sie uns just nicht zugebracht; sie trägt schon meiner Schwester Hemd am Leibe, und die Schuhe werden auch bald zerrissen sein!«

Der junge Doktor warf unwillkürlich einen Blick in die andere Ecke, wo Kätti, den Kopf an ihre Gitarre lehnend, unbeweglich mit geschlossenen Augen saß. Die Schuhe an ihren über Kreuz gelegten Füßchen waren freilich in erbarmungswertem Zustande.

»Aber«, sagte er und wandte sich wieder zu dem Geiger, »Ihr seid unehrerbietig gegen das Kind gewesen; was habt Ihr mit ihm vorgehabt?«

Der Bursche stieß lachend seine Schwester an, eine Dirne mit harten Zügen, welche, ihre Harfe im Arm, die Pause zur Verspeisung eines Butterbrots benutzte. »Da hör, Gundel!« rief er. »Hörst du, was ich gewesen bin?«

Dann wandte er sich wieder zu seinem jungen Gegner und sagte nachdrücklich: »Ich weiß eben nicht, warum ich Euch hier Antwort steh; aber der Herr da draußen ist einer von unseren Freunden; er hatte sein Späßchen mit der neuen Mamsell, wie er's mit der andern auch gehabt hat; aber der schwarze Fratz tat wild wie eine Katze und hat ihm seine Wange aufgerissen!«

»Und dann?« frug Wulf und faßte krampfhaft seinen Ziegenhainer, den er vorhin fast unwillkürlich in die Hand genommen hatte.

»Dann? – Nun, Herr, Ihr seht's ja, daß ich sie nicht gefressen habe!« Der Mensch zeigte seine weißen Zähne und stieß sein Trinkglas auf den Tisch, daß die Scherben dem Doktor ums Gesicht flogen.

Wulf Fedders verlor für einen Augenblick seine sonstige Besonnenheit; ein zorniges Wort, ein Schlag mit dem geschwungenen Ziegenhainer war die augenblickliche Erwiderung. Aber der Schlag ging fehl; Kätti, die bei den heftigen Worten auf ihn zugeflogen war, taumelte mit blutender Stirn an seine Brust.

Der junge Vagabund, eine breite muskulöse Gestalt, war hinter seinem Tische aufgesprungen. Er hatte die Faust, aus der er die Geige fallen ließ, schon dräuend über seinen Kopf erhoben; aber es kam nicht soweit, er schien sich zu besinnen, der Handel mochte ihm doch bedenklich scheinen. »Mag der Herr die Mamsell behalten, wenn sie sonst noch zu kurieren ist«, rief er höhnend; »es laufen der Dirnen noch genug herum!«

Das leicht rieselnde jungfräuliche Blut hatte indessen die Sache schlimmer erscheinen lassen, als sie war. Die kleine Streifwunde hatte keine Bedeutung, und auch der Schrecken war bald überwunden; für den Doktor aber erschien nun die Pflicht, sich der Verlassenen anzunehmen, nur um so deutlicher; und schon am andern Nachmittage langten beide wohlbehalten vor der »Wald- und Wasserfreude« an.

Die dicke Magd, welche als perfekte Köchin aus dem früheren Wohnorte mit herübergenommen war, schlug die Hände über dem Kopf zusammen, da sie ihren alten Primaner so plötzlich mit ihrer verschwundenen Mamsell aus einem Wagen steigen sah. Übrigens enthielt sie sich aller unnützen Reden, und als der Doktor nach dem Hausherrn frug, streckte sie die Hand nach der Flußseite und sagte: »Ich bin bloß für die Küche; aber gehen Sie nur dreist hinunter!«

Und wirklich, hier stand Herr Zippel barfuß bis an die Knie im Wasser, und um ihn her eine Schar von Arbeitern, welche Pfähle in den Flußgrund rammten. Sein Haar flog im Winde, und Kätti, die hinter ihrem Beschützer herschlich, spähte voll Angst, ob es – wie ihr Vater einstens prophezeit hatte – vor Kummer über sie nicht schon schneeweiß geworden sei. Aber er sah nicht anders aus, als da sie fortgegangen war. Dagegen schien der Augenblick nicht eben angetan, um eine besondere Erregung des Wiedersehens in Herrn Zippels Herzen zu erwecken. Erst als der Doktor ihn wiederholt mit lautem Ruf begrüßt hatte, kam er an das Ufer gewatet, nachdem er noch zweimal seinen Arbeitern einen Befehl zurückgerufen und ihn dann zum dritten Male widerrufen hatte.

Er erkannte sogleich seinen alten Mietsmann und machte ihm einige rasch hervorgestoßene Komplimente über seine stattlichere Gestalt und seinen Backenbart; dann aber, zur Hauptsache kommend, beschrieb er mit ausgespreizten Fingern einen Halbkreis nach dem Lande zu. »Das hier«, sagte er, »wenn Sie es früher gesehen haben, Sie werden es nicht wiedererkennen! Nun wollen wir dem Fluß noch seine Ehre tun! Dort sehen Sie die Böte; hier entsteht das neue Bad; in all den tausend Jahren ist das keinem eingefallen! Das reine Wald- und Wiesenwasser, das Entzücken aller Ärzte auf zehn Meilen in der Runde!«

In diesem Augenblicke erst bemerkte er seine Tochter, welche ein paar Schritte seitwärts stand. »Kätti! Rosalie! Beim Himmel, die Rosalie!« rief er und schleuderte beide Arme in die Luft. »Herr Fedders«, wandte er sich an diesen, »haben Sie meine Aufrufe in den Blättern gelesen? Die Dummheit hat mir einen Haufen Geld gekostet!« – Aber damit schien auch die Sache abgetan; das von dem Mädchen so sehr gefürchtete Wiedersehen ging nach einigen weiteren Ausrufungen wie ein beiläufiges Zwischenspiel in dem großen Werke des Wald- und Wiesenwasserbades beinahe unbemerkt vorüber.

Erst nach Stunden, da er zufällig ins Haus hinaufgelaufen kam, frug Herr Zippel seine Tochter, ob sie denn mit dem Primaner Fedders – »Doktor«, sagte Kätti –, also dem Doktor Fedders heimgereist sei und ob sie unterwegs wohl ein so wundersam belegenes Bad gesehen habe, als dieses bisher unbekannte Dorf ihm jetzt verdanken werde. »Wenn wir nur auch den Sträkelstrakel wiederhätten!« setzte er hinzu. »Ich hab es ausprobiert; die Badenden werden es im Wasser hören können, wenn ihr hier oben musiziert!«

»Sträkelstrakel!« rief Kätti. »Was ist mit dem?«

Herr Zippel lachte. »Als die Gitarre fort war, ist die Violine hinterdrein gelaufen; er war ohne dich doch auch nur eine magere Verzierung für die Wald- und Wasserfreude!«

Kätti sprang voll Schrecken von ihrem Stuhle auf. »Er ist fort? und noch nicht wieder da?«

»Nein, noch nicht. Aber, der Tausend, ich muß nach meinen Leuten sehen!«

Dem Doktor, welcher sich entschlossen hatte, hier seine Sommerfrische zu genießen, waren in dem unten am Flußufer belegenen Abnahmehause ein paar Zimmer eingeräumt, in denen für die künftigen Badegäste die erste Einrichtung schon getroffen war. Seine Aufwartung hatte Kätti übernommen, und sie tat alles mit einer so stillen, nie nachlassenden Aufmerksamkeit, daß er dem sonst so flüchtigen Mädchen oft verwundert zusah; auch als nach einigen Tagen seine Kiste mit Büchern und Papieren anlangte, ging sie so anstellig ihm zur Hand, als wüßte sie von selbst, wohin er jegliches geordnet haben wollte.

»Wie dir das ansteht, Kätti!« sagte er scherzend. »Nicht wahr, du läufst nicht wieder in die Welt hinaus?«

Bei ihrer schmächtigen Gestalt und den herabhängenden Zöpfen, die sie in seiner Primanerzeit schon ebenso getragen, konnte er sich nicht entwöhnen, sie auch jetzt noch gleich einem halben Kinde zu behandeln; aber sie stand bei diesen Worten plötzlich todbleich vor ihm. »O bitte!« sagte sie und hob flehend die Augen zu ihm auf.

Er warf einen fast erstaunten Blick auf sie. »Verzeih, Kätti«, sagte er dann; »wir reden niemals mehr davon.«

Zum Singen, wie einstens in der Giebelstube, wurde sie nicht mehr von ihm aufgefordert, er selber hatte sein Musizieren wie eine Jugendtorheit hinter sich gelassen; zum Ausgleich schädlichen Studierensitzens fand er es weit ersprießlicher, statt der Gitarre sich eine Botanisiertrommel umzuhängen und so, zugleich lernend und marschierend, seine Mußestunden zu verwerten.

Zu solchen Wanderungen war hier die weiteste Gelegenheit; aber es waren nicht die einzigen, welche von ihm unternommen wurden; schon mehrere Male war er in der Stadt gewesen und dann immer erst am nächsten Tage heimgekehrt.

Bei solcher Rückkunft fand er stets einen frischen Blumenstrauß auf seinem Tische; aber obgleich er wissen mußte, daß nur Kätti ihn dahin gestellt haben konnte, so erhielt diese doch nie ein freundliches Wort darüber. Anfänglich verwunderte sie sich nur; dann aber begann es sie lebhaft zu beschäftigen, und endlich beschloß sie, ihm an solchen Tagen lieber gar nicht mehr vor Augen zu kommen; und so fand er denn künftig neben dem Blumenstrauß auch sein Abendbrot als wie von unsichtbaren Händen aufgetragen. Sie dachte nicht, daß er auch hierin nichts Besonderes fand.

Einmal aber, da er von solcher Wanderung in sein Zimmer trat, fand er das Mädchen weinend an der Haustür stehen. Nun sah er sie denn doch.

»Kätti! Kind! Was fehlt dir?« frug er.

Ihr fehlte nichts; aber Sträkelstrakel war vor einer Stunde per Schub von der Polizei ins Dorf zurücktransportiert worden. »Um meinetwegen!« rief Kätti, und ihre Tränen brachen reichlicher hervor. »Und seine Geige – er hat sie versetzen müssen, weil er gehungert hat; er hat nicht einmal spielen dürfen, denn er hat keine Konzession gehabt!«

Der Doktor hörte schon nicht mehr, was sie noch weiter sprach; was kümmerte ihn der kleine Fiedelmusikante, den er nie gesehen hatte!

»Aber er muß seine Geige wiederhaben!« sagte Kätti; und da der Doktor hierauf nur wie in Gedanken mit dem Kopfe nickte, rief sie, ihre schmalen Hände ringend: »Ich habe kein Geld! Ich habe nichts, gar nichts!«

Sie wollte dem jungen Manne zu Füßen fallen; da schüttelte er die Träume, die er von der Stadt mit hergebracht hatte, aus seinen blonden Haaren und fing sie mit beiden Armen auf. »Kätti, Kätti! Besinne dich! Wie heißt der Mann? Ich will ihm seine Geige wiederschaffen!«

Bis sie plötzlich fort war, blieb er wie gefangen in der Glut der stummen Dankbarkeit, die aus den dunkeln Augen ihm entgegenströmte. Bald aber, da er allein an seinem Arbeitstische saß, schalt er sich selbst darüber und suchte seine Gedanken auf den Weg zur Stadt zurückzubringen.

Schon am andern Tage ging er selbst dahin, ja, er blieb dort auch den folgenden; als er am dritten Tage endlich wiederkam, schien er absichtlich Kättis Gegenwart zu meiden. Gekränkt und grübelnd ging das Kind umher: was hatte sie ihm denn getan? Sie verlangte ja nichts weiter als freundlichen »guten Tag« und »guten Weg«!

Da geschah es eines Nachmittags, daß Herr Zippel seinen Wachtelhund vermißte. Da das Tier schon seit gestern nicht mehr gesehen war, so lief Kätti von Haus zu Haus, um es zu suchen, denn es war fast mit ihr aufgewachsen. Aber sie erfuhr nichts Bestimmtes; nur ein Kind behauptete, es habe die lange Trina, die dort hinterm Holze wohne, mit einem schwarz und weiß gefleckten Hündchen auf dem Weg gesehen.

»O weh!« sagte die dicke Magd, als Kätti mit diesem Bericht nach

Hause kam.

»Warum o weh, Anngretje?«

»Darum«, sagte die Magd, »weil das Fidélchen immer Buttersemmeln aß und sehr gut bei Schicke war.«

»Deshalb?« – Kätti mußte lachen.

»Ja, ja, Kättichen; die lange Trina schlachtet die kleinen fetten Hunde; das Fett verkauft sie an den Apotheker in der Stadt und macht auch Sympathie damit.«

Nun erschrak das Mädchen ernstlich; aber Herr Zippel, der eben hinzutrat, langte in die Tasche und drückte ihr ein Geldstück in die Hand. »Geh selbst und kauf's der alten Hexe ab«, sagte er; »Fidélchen wird schon noch am Leben sein!«

– – Es führte durch den Wald ein Weg und von diesem ein Fußsteig zu der Wohnung der langen Trina; Kätti aber fürchtete, sich zu verirren, und ging lieber im weiten Bogen um den Wald herum. Als sie nach stundenlanger Wanderung die Kate erreicht hatte, welche im Schatten eines Tannenschlages lag, fiel ihr Blick zuerst auf ein gegen die Mauer gelehntes Brett, an dem die Felle von allerlei kleinem Getier, dem Anscheine nach zum Trocknen, festgeheftet waren; Kätti besah eines nach dem andern, doch schien Fidélchens Fell noch nicht dabeizusein.

Bei ihrem Eintritt in die Wohnung saß die hagere Alte vor einer dampfenden Kaffeetasse. Sie hatte früher einmal bei einer verwitweten Kammerherrin in der Stadt gedient und nach deren Tode nebst anderem Plunder auch die schwarzen Krepphauben der Dame zum Geschenk erhalten, welche sie seitdem, mit bunten Bänderfetzen verziert, auf ihrem eigenen Kopfe trug. Kätti, obwohl vom Dorfe her die lange Trina ihr nicht unbekannt war, erschrak hier in der Einsamkeit doch vor dem

knochigen Bauernantlitz, das so grotesk unter dem Flitterputz hervor-
schaute.

Aber die Alte rückte ihr einen Stuhl zum Tische und nötigte sie
wiederholt, wenn auch vergebens, ein Schlückchen aus ihrer Tasse zu
probieren; von dem Hunde aber wollte sie nichts gesehen haben. »Es
ist meine Katze gewesen«, sagte sie; »die läuft mir oftmals nach; sieh
nur, dort liegt sie unterm Ofen!«

Und wirklich lag dort eine schwarz und weiß gefleckte Katze, die
sich, wie ihr behagliches Schnurren zu erkennen gab, um all die abge-
zogenen Fellchen draußen wenig zu bekümmern schien.

Aber Kätti traute doch nicht; sie drückte dem Weibe das Geldstück
in die Hand und sagte: »Da habt Ihr ein Trinkgeld; mein kleiner Hund
heißt Fidél, und wenn Ihr ihn uns wiederbringt, so gibt mein Vater
Euch gern das Doppelte!«

»Ich weiß nichts von deinem Hund«, rief die Alte unwirsch.

»Aber«, fuhr sie wie in plötzlichem Besinnen fort, »du sollst den Weg
doch nicht umsonst gemacht haben! Kennst du, was man den Speiteufel
heißt?«

Kätti schüttelte den Kopf.

»Es ist ein Pilz, und es gibt deren blaue, rote und auch grüne; aber
von dem roten muß es sein; er wächst hier im Holze, just um diese
Zeit.«

Das Mädchen sah gespannt die Alte an.

»Wenn du dir wieder ein Hündchen ziehen willst, so tupfe mit dem
Finger in den roten Schaum, der auf dem Hute liegt, und netze das
mit deinen Lippen! Es brennt ein wenig; aber das schadet nicht. Warte
nur, es ist auch ein Spruch dabei!« Sie zog ihre Tischschublade auf,
kramte darin umher und holte endlich einen schmutzigen Zettel daraus
hervor, den sie Kätti vor die Augen hielt. »Das muß dabei gesprochen
werden«, sagte sie; »wenn dann das Hündchen davon frißt, so wird es
nimmer von dir weichen.«

Die lange Trina rückte näher und fuhr mit ihrer harten Hand über
die Wange des Mädchens. »Es hilft nicht bloß für Hündchen«, sagte
sie heimlich; »die gelbe Marthe weiß wohl, warum sie jetzund auf der
großen Hufe sitzt; der Niklas hatte zwei und wußte nicht, an welche
er sich hängen sollte.«

Kätti saß plötzlich wie mit abwesenden Augen; ihr dunkles Gesicht
war merklich bleich geworden.

Die Alte sah sie schmunzelnd an; dann ergriff sie eine ihrer schwarzen Flechten und zog den Kopf des Mädchens an den ihren, während ein lüsterner Zug den groben Mund umspielte. »Du«, flüsterte sie, »du bist wohl gar um dessentwillen hergekommen; du hast wohl auch so einen Hin-und-wieder-Burschen! Streich's ihm auf ein Brötchen, auf ein Stückchen Zucker; es gibt Rat für alles in der Welt! Nur merk's dir, fürsichtig mußt du sein; ein wenig macht lebendig, zuviel – da könnt der Teufel leicht sein Spiel gewinnen!«

Wie aus einem bösen Traume sprang das Kind empor. »Nein, nein! Laßt mich los; ich will nichts von Euren Teufelskünsten wissen!«

Sie war schon draußen vor der Haustür; aber das Weib kam hinterher. »Narre, Narre, wohin läufst du?« rief sie, als sie das Mädchen auf dem Wege sah, der um das Holz herumführte. Sie war zu ihr getreten und zeigte auf einen Eingang in den Tannenschlag. »Dort«, sagte sie, »und immer gradeaus, so kommst du auf den Fahrweg!« Sie führte Kätti an der Hand, bis wo der Fußsteig deutlich zu erkennen war. »Nun lauf; und wenn du dich besonnen hast, in einem halben Stündchen kannst du bei mir sein!«

Fast willenlos hatte Kätti sich in den finsteren Tannensteig hineinführen lassen. In ihrem Köpfchen war kein Raum jetzt für die Furcht; das Hündchen freilich war vergessen, aber statt seiner hatte ein Menschenbild sich unerbittlicher als je der jungen Phantasie bemächtigt. Schon vordem, mit der qualvollen Spürkraft der Eifersucht, hatte sie herausempfunden, wohin die Stadtbesuche ihres Gastes zielten; bei den aufregenden Worten des argen Weibes hatten plötzlich alle Zweifel sie verlassen; aber zugleich auch war eine wilde Hoffnung in ihr aufgestiegen, die sie vergebens zu verjagen strebte. Wie betäubt ging sie jetzt dahin auf dem einsamen Waldsteige; immer wieder schwebte der schmutzige Zettel ihr vor Augen, und mechanisch murmelten ihre Lippen die unverständlichen Worte, die sie darauf gelesen hatte.

169 Dann wieder sah sie jäh empor, als suche sie Zuflucht in dem reinen Ätherblau, das hoch über ihr am Himmel stand: sie schüttelte wie zornig ihr dunkles Köpfchen, als könne sie so die unheimlichen Gedanken von sich werfen; aber immer wieder und immer unabwehrbarer drang es auf sie ein. Unwillkürlich suchten ihre Blicke hin und wider, und bald folgten auch die Füße seitwärts vom Wege ab; ihre Augen streiften alles, was hier durcheinander aus dem Dunst des Bodens aufgeschossen war; auch Pilze von allerlei Form und Farben sah sie, nur waren es die

rechten nicht. Und weiter ging sie, ohne auf den Weg zu achten, ohne aufzusehen; da, am Rande einer feuchten Lichtung, stockten ihre Schritte. Sie glaubte erst, es sei eine Blume, was so zinnoberrot unter dem grünen Farnkraut hervorleuchtete; aber bald sah sie es deutlich, es war der Hut eines großen Pilzes, der hier jetzt dicht vor ihren Füßen stand.

Ein Laut gleich einem Stöhnen kam über ihre Lippen; sie schloß die Augen wie vor einem bösen Trugbild; aber als sie sie wieder öffnete, stand es noch immer da und bot, wie in einem Näpfchen, ihr den roten Schaum entgegen. Ohne daß sie es wollte, hatte sie sich hinabgebückt; in ihren Gedanken rief es: ›Gift! Gift! Es ist Gefahr dabei!‹, aber ihre stürmenden Pulse antworteten: ›Es ist um desto besser!‹

Ihre Lippen begannen wieder die unsinnigen Worte herzusagen, und schon hatte sie den Arm, den Finger ausgestreckt, da bewegte sich der Hut des Pilzes; ein Schauer zog durch den Wald, und die Bäume rauschten, wie vom Odem eines Unsichtbaren angehaucht.

Es war nur der Abendwind, der sich erhoben hatte; aber das Mädchen war aufgesprungen; vom Schrecken der Einsamkeit erfaßt, rannte sie ohne Aufhör in den Wald hinein, ohne umzusehen, ohne zu achten, daß die Fetzen ihrer Kleider an den Büschen blieben, bis sie endlich in gutem Glücke auf den ihr bekannten Fahrweg hinauskam.

Ihr wurde plötzlich leicht ums Herz; sie atmete auf, als ob sie jetzt dem Zauberbann der argen Frau entronnen wäre. Ihr fiel nicht bei, daß 170 noch ein anderer sie gefangenhalte, aus dem sie nicht so leicht entrinnen sollte.

Am nächsten Sonntage, es war schon gegen Abend, fuhr in drei Wagen eine Gesellschaft feiner Leute an der »Wald- und Wasserfreude« vor. Herr Zippel, dem vorher nichts angemeldet worden, geriet in große Aufregung, als man ihm ankündigte, hier sei die letzte Station der heutigen Lustfahrt; man wolle nun mit Abendbrot und Tanz den Kehraus machen. Der Doktor dagegen schien von allem unterrichtet; er war sogleich zur Stelle, half den alten und jungen Damen vom Wagen und schalt die jungen Herren, daß sie sich unterwegs so lange aufgehalten.

Kätti stand, nach der Flußseite, halb verdeckt hinter der Ecke des Hauses. Untätig, mit düsteren Augen und herabhängenden Armen, hörte und beobachtete sie alles, was hier vorging; dann, als die Gäste von ihrem Vater in das Haus hineinkomplimentiert waren, schlich sie sich zögernd durch den Garten in die Küche.

Nicht lange nachher erschien sie mit Tischzeug und Geschirr in der Veranda und begann unter Herrn Zippels kreuz- und querfliegenden Befehlen die Abendtafel herzurichten. Während sie leicht und sicher eines nach dem andern an seinen Platz setzte, wandelte die Gesellschaft plaudernd und lachend auf den Gängen des sich unterhalb ausbreitenden Gartens, und Kätti konnte es nicht lassen, mitunter halb beklommen einen Blick hinauszuwerfen. Die jungen Damen waren ihr fast alle bekannt, mit mehreren hatte sie einst auf derselben Schulbank gesessen, und – sie zog grübelnd eine ihrer schwarzen Flechten über die Brust hinab – von keiner war sie noch begrüßt worden. Aber freilich, sie war bei ihrer Ankunft ja auch hinten um das Haus herumgelaufen! – Nur eine, die hübscheste, ein schlankes blondes Mädchen, war ihr fremd; sie hatte was Vornehmes in dem lässigen Neigen ihres Kopfes, und Kätti selber mußte immer die Augen nach ihr wenden. Aber es war noch ein anderes, wodurch die blonde Dame wie magnetisch die Blicke des braunen Mädchens auf sich zog. Es war nicht zu verkennen, daß sie sich immer wieder wie von selber mit dem Doktor Fedders zusammenfand, und eben jetzt gingen beide ohne Begleitung den Seitensteg zum Flusse hinab und konnten der überhängenden Büsche wegen von der Veranda aus nicht mehr gesehen werden. Kätti blickte auf die Stelle, wo die jugendlichen Gestalten verschwunden waren, bis sie vor der scharfen Stimme ihres Vaters aufschreckte und nun emsig in ihrer Arbeit fortfuhr.

Als sie die letzte Schüssel aufgesetzt hatte, sah sie das Paar aus der Tiefe des schon dämmerigen Gartens auf dem an der Veranda vorbeiführenden Steige heraufkommen. Das blonde Mädchen hatte eine feine weiße Hand erhoben und redete lebhaft zu dem jungen Doktor. Gewiß, sie war die Hübscheste; aber – Kätti wußte nicht recht weshalb – auch wohl die Stolzeste!

Und jetzt näherten die beiden sich der Veranda, und da sie auf dem Steige langsam vorübergingen, ließ die junge Dame ihre blauen Augen eine Weile betrachtend auf Kättis Antlitz ruhen und fragte dann wie gleichgültig, sich wieder zu ihrem Begleiter wendend: »Wer ist das Mädchen?« Sie hatte laut genug gesprochen, und in dem Ton der Frage lag kein Bemühen, sie vor ihrem Gegenstande zu verbergen.

»Es ist die Wirtstochter«, sagte der Doktor leise und schien rascher vorübergehen zu wollen.

Aber Kättis feine Ohren hatten auch das gehört.

Die junge Dame hob den blonden Kopf und sprach lächelnd ein paar Worte auf französisch, und Wulf Fedders erwiderte in derselben Sprache. Dann gingen sie vorüber, und Kätti hörte sie von hinten in den Saal treten.

Der Garten drunten hatte sich geleert; die übrige Gesellschaft war am Flußufer auf und ab gegangen und kam jetzt die große Felstreppe wieder herauf, welche zu der Anfahrt des Hauses führte.

Die braune schmächtige Wirtstochter stand noch immer in der Veranda, unbeweglich an derselben Stelle; sie wußte selbst nicht, was sie überkommen war; aber sie fühlte, wie ihr das Herz fast schmerzhaft schlug und wie ihr ganzer Körper bebte. Plötzlich warf sie, was an Gerät noch in ihren Händen war, fort und lief in den Garten hinab. – Noch eine Weile saß sie unten vor der Abnahmewohnung auf dem großen Feldstein, der unter den Fenstern ihres Gastes lag. Es war ganz einsam hier; nur der Fluß rollte in dem Abendwind, der sich erhoben hatte, eintönig seine Wellen an dem Uferrand hinauf. Kätti starrte auf das immer wiederkehrende Spiel des Wassers; sie hatte keinen Gedanken, sie fühlte sich nur ganz verachtet und vernichtet. Aber jetzt hörte sie oben vom Hause her die Stimme ihres Vaters »Kätti! Kätti!« rufen und dann schärfer und lauter: »Rosalie!« und noch einmal: »Rosalie!«

Sie wußte wohl, jetzt, während die Gäste in der Veranda tafelten, sollte sie mit Sträkelstrakel spielen und zur Gitarre ihre Lieder singen. Aber – vor jenem blonden Mädchen? Sie hätte sich eher die Zunge abgebissen. Und selbst vor ihren früheren Schulkameradinnen – auch vor denen nicht; nein, nun und nimmer wieder!

Vorsichtig stand sie auf; aber sie ging nicht, wohin sie gerufen wurde. Seitwärts unter alten Nußbüschen war ein niedriges Rohrdach auf dem Boden hingebaut, ein Aufbewahrungsort für allerlei Gerümpel, noch von dem vorigen Wirte her. In dem hintersten Winkel, hinter leeren Tonnen und Bienenkörben hatte Kätti sich zusammengekauert. Sie hörte noch einmal ihren Vater rufen, aber sie achtete nicht darauf; sie hielt sich mit beiden Händen die Ohren zu und stützte die Arme auf ihre Knie. Doch saß sie jetzt nicht mehr in dumpfem Hinbrüten; »die Wirtstochter!« sprach sie halblaut vor sich hin, »nur die Wirtstochter!« – Er hatte vor Jahren auf dieselbe Frage ja ganz dieselbe Antwort gegeben, und sie hatte sich damals kindisch darüber gefreut; warum denn brannte heut das Wort wie eine Kränkung in ihrer jungen Brust? – Aber es war ja auch nicht jenes Wort allein; wie anders als gegen sie war sein Benehmen jenem blonden Mädchen gegenüber! Sie hatte früher nie daran gedacht; aber jetzt wallte es siedend in ihr auf: er hatte keinen Anstand genommen, sie noch immerfort zu duzen, so wie sie selber es bisweilen mit dem armen Sträkelstrakel machte!

Sie richtete sich jäh empor, daß sie den Kopf an einen Sparren stieß. – War das eine Mahnung, daß sie sich nicht zu hoch erheben sollte? – Freilich, sie hatte nichts gelernt, sie konnte nicht Französisch mit ihm sprechen, in der Schule war sie immer faul gewesen. Aber sie besaß noch ihre Bücher; es war noch Zeit, um das Versäumte nachzuholen; nur das Lexikon fehlte ihr – aber unter des Doktors Büchern hatte sie eins gesehen; gleich morgen wollte sie ihn darum bitten! Nein, keine Teufelskünste, wozu die lange Trina sie verführen wollte; aber lernen, lernen! Er sollte sehen, daß sie keiner etwas nachgab.

Sie legte wieder den Kopf in ihre Hände. Da hörte sie es von oben aus dem Garten herabkommen, und bald darauf unterschied sie ein Saitenklimpern und daneben den ungleichen Tritt des kleinen Musikanten. Gewiß, mit seiner Geige unter dem Arme wanderte er umher, um sie zu suchen. Aber sie regte sich nicht, und die Schritte entfernten sich wieder. Einmal flog es durch sie hin, und ihr war, als stocke jählings ihr Herz, ob denn nicht er, er selber sie vermissen würde. – Aber es kam niemand mehr. Statt dessen hörte sie bald vom Saal herab das Getöse des Tanzes, Geigenstriche und fröhliches Lachen.

Qualvolle Stunden vergingen; endlich wurde es still, und die Wagen fuhren ab. Kätti schlüpfte aus ihrem Versteck, ließ einen Augenblick noch den feuchten Nachtwind über ihre Wangen gehen und schlich sich dann im Dunkeln fort auf ihre Kammer.

Am andern Tage, da es noch morgenfrisch vom Fluß heraufwehte, kam Kätti wie gewöhnlich mit dem aus Brot und Milch bestehenden Frühstück des Doktors nach dem Abnahmehaus herab; vor der Haustür aber zögerte sie und holte ein paarmal tiefen Atem. Sie sah etwas bleich und anders aus als sonst; die dunkelrote Schleife saß zwar noch in dem glänzend schwarzen Haar; aber die langen Zöpfe waren am Hinterkopf zu einem Knoten aufgesteckt. Sie wollte nicht mehr wie ein Kind vor ihm erscheinen.

Als sie eintrat, stand der Doktor vor einer aufgezogenen Schublade und kramte in seiner Wäsche, wandte aber auf das Geräusch des Türöffnens den Kopf und sah die Eintretende voll Erstaunen an. »Kätti! Fräulein Rosalie!« rief er scherzend. »Du bist ja ganz verwandelt. In welchem Zauberwinkel warst du gestern uns verschwunden?«

Sie hob den Kopf, und aus dem Spalt der halb geschlossenen Lider flog es wie ein Blick des Hasses auf ihn hin. »Ich bin krank gewesen«, sagte sie düster. Als sie aber den plötzlichen Ausdruck der Teilnahme auf seinem Antlitz sah, öffnete sie die Augen weit und blickte mit kindlicher Hilflosigkeit zu ihm auf.

»Du hättest noch ruhen sollen«, sagte er; »ich hätte mein Frühstück mir schon selbst geholt!«

Sie schüttelte den Kopf und zeigte auf ein kleines Diktionär, das zwischen andern Büchern auf einem Seitentische lag. »Wollen Sie mir das leihen?« frug sie. »Darf ich es mit nach Haus nehmen?«

»Das? Was willst du damit?«

»Ich will Französisch lernen.«

Das Antlitz des jungen Mannes verriet eine flüchtige Verlegenheit, die Kättis scharfen Augen nicht entging. Sie dachte: ›Was mag er gestern über dich gesprochen haben?‹

Aber der Doktor lachte schon wieder. »Wäre es nicht besser«, sagte er, »du bliebest beim Nähen und Stricken? Mich dünkt, du warst früher gerade kein Held darin.«

Sie antwortete ihm nicht darauf; sie wiederholte nur ihre Frage, ob er das Diktionär ihr leihen wolle.

»Gewiß, Kätti«, sagte er harmlos, »und behalte es, solange es dir gefällt.«

Sie nahm das Buch und wollte eben gehen, als sie von ihm zurückgerufen wurde. »Sieh da«, sagte er und zeigte ihr einige auf dem Tische liegende Leinwandstücke, die augenscheinlich Teile eines zugeschnittenen Hemdes waren; »ich habe bei meiner plötzlichen Abreise das letzte vom Dutzend so mit fortnehmen müssen; habt ihr eine leidliche Näherin im Dorf?«

Sie schüttelte erst den Kopf; dann aber sagte sie hastig: »O ja doch, es wird schon gehen; ich weiß doch eine.«

– »Dann sei so gut, es zu besorgen!«

Sie packte rasch die Leinwand zusammen und ging mit dieser und dem Buche fort. Als sie draußen am Fenster vorüberschritt, sah er ihr

175

durch die Scheiben nach, ja er öffnete das Fenster, um ihr noch weiter nachzusehen, und er tat es, bis das feine Köpfchen mit dem glänzend schwarzen Haarknoten droben im Gebüsch verschwunden war. »Vraiment, une petite princesse dans son genre!« Halblaut wiederholte er sich diese Worte, durch welche gestern die blonde Majorstochter sich mit der eigentümlichen Anmut des Mädchens abgefunden hatte.

Er stieß auch noch die andern Fensterflügel auf, um die frische Morgenluft hereinzulassen. »Dans son genre?« murmelte er vor sich hin. – »Nur dans son genre?« Und nachdenklich setzte er sich an den Tisch, um das ihm von der petite princesse gebrachte Frühstück zu verzehren.

– – Inzwischen schritt Kätti, nachdem sie oben am Hause das Diktionär in ein offenes Fenster gelegt hatte, die Dorfstraße hinab, bis sie an das niedrige Strohdach des Musikanten kam. Als sie zu ihm in die Stube trat, rutschte er mit möglichster Behendigkeit von seinem Schneidertisch herab und stand in seinen wollenen Strümpfen vor ihr auf dem Lehmboden.

»Sträkelstrakel!« sagte Kätti, während der kleine Mann sie halb verwundert, halb besorgt betrachtete. »Er kann doch Weißzeug nähen, Sträkelstrakel?«

Seine schmalen Lippen zogen sich zu einer harmlosen Selbstverspottung zusammen. »Ei freilich, Mamsellchen; ein Schneider im Dorf kann alles nähen: Hemden und Pudelmützen, und was Sie sonst noch lustig sind, Mamsellchen!«

Sie nickte und kramte ihre Leinwandstücke auf dem Arbeitstische aus. »So hilf mir! Nähen kann ich's schon; ich weiß nur nicht, wie es zusammengeht.«

Bald lehnten beide gegen den Tisch und suchten die zusammengehörigen Stücke aneinanderzupassen. Der Schneider geriet wirklich ein paarmal in Verlegenheit, denn so ein Stadtherrending war doch was anderes als ein gewöhnliches Bauernhemd. Endlich aber kam's zurecht. »So!« rief er und betrachtete jetzt etwas verwundert die Länge und Breite des Gewandes. »Ich hätte noch kaum den Herrn Zippel für eine so ansehnliche Person gehalten!«

Kätti wurde glühend rot. Aber der Schneider bemerkte das nicht, und sie selber sah sich nicht veranlaßt, ihn über ihren Arbeitgeber aufzuklären. Zärtlich, als verhülle sie ein Geheimnis, rollte sie die

Leinwand wieder auf; dann fragte sie noch statt des Dankes: »Was meint Er, wollen wir einmal heut abend unsere Sonate spielen?«

Sträkelstrakel warf einen Blick auf seine Geige, die glücklich wieder an der Wand hing. »Ach ja, Mamsellchen«, sagte er freudig, »die von dem großen Mozart; und wir haben sie so lange nicht gespielt! – Freilich«, setzte er hinzu, »Sie haben jetzt auch viel zu schaffen; die Aufwartung da drunten bei dem jungen Herrn.« – –

Er sah ihr seufzend nach, da sie mit einem freundlichen Nicken ihn jetzt verließ. Noch immer vermochte er ein neidisches Gefühl nicht ganz zu unterdrücken, daß der junge vornehme Herr das Mädchen so ohne alle Mühe vom Wege aufgelesen hatte. Aber die angeborene Dankbarkeit seines Herzens trug den Sieg davon. ›Pfui! Pfui!‹ sagte er zu sich selber. Dann hinkte er an die Wand, langte Geige und Bogen von ihrem Haken, und bald erklangen aus dem niedrigen Stübchen in reinen Tönen die lieblichsten Passagen der Mozart-Sonate.

Als es an diesem Abend elf vom Glockenturm geschlagen hatte, stand der Doktor von seiner Arbeit auf und setzte sich auf den großen Stein 177 vor seiner Haustür, um der Nachtkühle zu genießen und vor dem Schlaf noch eine Weile lieblichen Gedanken nachzuhängen, wie sie die zu-kunftsreiche Jugend zu besuchen pflegen. Nur eine Weile ruhten seine Blicke auf der Landschaft, die in verschwimmendem Umriß sich vor ihm ausbreitete; was sonst getrennt war, die Welt seiner Innern und die da draußen, im schützenden Dämmer der Nacht traten sie traulich zueinander und verwebten sich in eins. Wie traumredend durch die weite Stille rauschte der Fluß in seinen Ufern, und in dem silbernen Lichte des Sternenhimmels tauchte die Gestalt des blonden blauäugigen Mädchens wie Anadyomene aus der Flut. Er sah sie deutlich vor sich; nur der Saum ihres weißen Gewandes verlor sich in den Wellen; mit jenem lässigen Neigen des Hauptes lächelte sie ihn an, und in dem Rauschen des Schilfes unterschied er deutlich ihre Stimme: »Vraiment, une petite princesse dans son genre!« Aber sie war jetzt nicht mehr drunten über dem Wasser; sie wandelte an seiner Seite, sie beide vor den Säulen der Veranda; sie flüsterte noch etwas, aber er verstand es nicht.

Als er unwillkürlich den Kopf nach dem Lande zurückwandte, wo droben über dem Gebüsch der Giebel des Haupthauses sich gegen den Nachthimmel abhob, sah er zu seiner Verwunderung noch ein Licht durch die Zweige schimmern, und bald auch, daß es aus dem Fenster strahlte, hinter welchem, wie er wußte, Kättis Kammer war.

Er hatte so spät dort niemals Licht erblickt. Was mochte das wunderliche Mädchen jetzt noch treiben? Französisch? Aber weshalb denn, da sie es als Kind so gründlich doch verabscheut hatte? – Gleichviel; was kümmerte es ihn!

Aber dennoch sah er sie vor sich; das müde Köpfchen auf die Hand gestützt und gleichwohl eifrig in seinem Diktionär blätternd.

Er wandte sich wieder ab. Der Fluß rauschte noch wie zuvor in seinen Ufern; aber die blonde Majorstochter wollte nicht wieder aus seiner Flut emporsteigen, so ernstlich der junge Doktor auch seinen Willen darauf zu richten suchte. Unwillkürlich wandte er immer wieder seine Augen nach dem Lichte, das landwärts durch die Bäume schien; es schlug schon Mitternacht vom Turme; und erst, als es längere Zeit nachher erlosch, stand er von seinem Steine auf und ging in seine Kammer.

– – Die nächste und die darauf folgende Nacht war es ebenso. Am Morgen des dritten Tages, da Kätti ihm das Frühstück brachte, legte sie die fertige Näharbeit auf den Tisch.

Er nahm sie und betrachtete sie genau, während das Mädchen gespannt zu ihm hinüberblickte. »Das ist gut!« sagte er. »Lache nur nicht; ich verstehe mich darauf.« Er war, wie manche Männer, fast pedantisch in bezug auf seine Leibwäsche. »Und was kostet es?«

»Es kostet nichts«, erwiderte sie.

»Nichts? Lassen die Näherinnen hier sich nicht bezahlen?«

»Es gibt hier keine; ich selber habe es genäht. – Aber, wollen Sie mir jetzt auch diese Arbeit durchsehen?« Und damit legte sie ein mit französischen Themen beschriebenes Heftchen vor ihm hin.

Er nahm es schweigend und begann zu lesen, während sie mit beklommenem Atem vor ihm stand. Einmal zuckte sie erschreckt zusammen, da er einen Bleistift nahm und damit zwischen ihre Schrift hineinschrieb; endlich gab er ihr das Heft zurück. »Das ist auch gut!« sagte er und sah sie voll mit seinen blauen Augen an, während ein helles Freudenrot über des Mädchens Antlitz flog.

»Aber bist du denn nicht mehr die alte Kätti; wer hätte dich früher an den Nähtisch oder an die Bücher bringen können? Und nun? – Wie geht das zu? Oder ist es am Ende gar ein Wunder?«

Ihre Augen öffneten sich weit und sahen ihn an, bis sie sich mit Tränen füllten. »Ich weiß nicht«, stammelte sie verworren, »aber darf ich mit meinen Themen wiederkommen?«

Und als er ihr das zugesagt hatte, nahm sie ihr Heft und verließ eilig das Zimmer.

179

An Sträkelstrakels Geige war tags vorher die G-Saite gesprungen; nun kam er gegen Mittag aus der Stadt, wo er sich eine neue eingehandelt hatte. Müde, wie er war, bog er dennoch von der Dorfstraße in den Weg zur »Wald- und Wasserfreude« ein und wollte eben die steile Felstreppe nach dem Fluß hinunter, als Kätti aus dem Hause ihm entgegenkam.

»Wenn's nicht zuviel gebeten ist, Mamsellchen«, sagte er, seine große tellerrunde Mütze lüftend, »Sie kommen doch unten zum Herrn Doktor; Sie könnten mir eine Bestellung abnehmen, die sie in der Stadt mir aufgetragen haben!«

Kätti nickte und begleitete ihn nach der Straßenecke, während er ihr seinen Auftrag mitteilte. Sie nickte dann noch einmal; aber sie fühlte selbst, wie ihr die Hände plötzlich eiskalt geworden waren.

Als sie eben zurückgehen wollte, sah sie die lange Trina aus einem Hause treten; die Alte hatte ihre Krepphaube auf dem Kopf und einen schmutzigen gefüllten Sack auf ihrem Rücken; so stapfte sie an einem langen Knotenstock die Dorfstraße hinab.

Kätti machte eine Bewegung des Abscheus, aber Peter Jensen lachte: »Sie hat sich Schnaps gekauft«, sagte er; »mit ihrem Kräuterbeutel geht sie in die Stadt, mit einem Haarbeutel kommt sie heute abend wieder!«

»Erst abends?« fragte Kätti; es schien ihr plötzlich was durch den Kopf zu gehen.

»Oh, auch wohl nachts oder morgens! Die schläft am Weg so gut als wie zu Hause! Also, Mamsellchen«, setzte er hinzu, »nachmittags fünf Uhr, wenn Sie es nicht vergessen wollen!«

»Nein, nein«, erwiderte sie hastig, »geht nur und ruht Euch aus; ich werde Euch was Gutes zu Mittag schicken.« Ein heißes Rot hatte ihr Antlitz überzogen, während sie langsam ihrem Hause zuging; der empfangene Auftrag schien sie sehr erregt zu haben.

Aber erst am Nachmittage, kurz vor der genannten Stunde, stieg sie die Felsentreppe hinab; sie hätte näher durch den Garten gehen können; aber sie schien absichtlich, als wolle sie sich selbst noch einen Aufschub

180

gönnen, diesen weiteren Weg zu wählen. Als sie vor der Schwelle des Abnahmehauses stand, erschrak sie fast, da sie die Haustür offen sah; auch mußte sie sich erst den einen kleinen Finger mit ihrem Tuche wischen; denn sie hatte ihn blutig gebissen, während sie von der letzten Treppenstufe bis hierher gegangen war.

Als aber Wulf Fedders mit seinem blonden Kopfe etwas verwirrt aus der vor ihm liegenden Arbeit auftauchte, sah er sie plötzlich vor sich stehen, und wie damals in ihrer Kinderzeit rief er: »Du, Kätti? Bist du schon lange hier?«

Sie schüttelte den Kopf; aber als sie sprechen wollte, fehlte ihr der Atem.

»Nun«, sagte er; »ich hab schon soviel Zeit, dich anzuhören.«

Kätti blickte gegen die Wand und erwiderte stockend: »Ich glaube doch, daß die lange Trina unsern Fidél geschlachtet hat.«

»Meinst du? Aber was ist dabei zu machen?«

»Ich möchte bitten, daß Sie mit mir hingehen, ich habe Furcht allein.«

»Aber, Kätti, wenn er tot ist, bekommst du ihn ja doch nicht wieder!«

»Ich möchte es nur wissen«, sagte sie leise. »Wollen Sie nicht mit mir gehen?«

Der Doktor zögerte; es war, wie er sich ausdrückte, »ein Knacken« in seiner Arbeit, den er heut noch überwinden möchte; als aber Kätti vor ihm stehenblieb, nur die dunkeln Augen in angstvoller Erwartung auf ihn richtend, stand er auf und packte seine Bücher fort. »Wenn es denn sein muß, Kätti!« sagte er. »Aber was ist dir heute? Deine Wangen wetteifern ja mit deiner roten Schleife!«

Er erhielt keine Antwort; Kätti war schon draußen vor der Haustür.

Kopfschüttelnd nahm der Doktor seine Botanisiertrommel von der Wand, und bald gingen sie nebeneinander über die Felder nach dem Walde zu; sie hörten es eben hinter sich im Dorfe fünf vom Kirchturm schlagen, als sie ihn erreichten.

»Wollen wir nicht etwas rascher gehen?« sagte der Doktor, da Kätti jetzt absichtlich ihren Schritt zu hemmen schien.

»Ja, ja; ein wenig rascher!« – Sie tat es auch, bald aber wurde ihre Schritte zögernd wie vorher.

Er schien es nicht beachtet zu haben, daß sie um den äußeren Rand des Waldes herumgingen; denn es wuchs und blühte hier manches, das seine Aufmerksamkeit erregte, und Kätti hatte immer Neues ihm zu zeigen und zu fragen. Plötzlich aber, da er um sich blickte, rief er:

»Weshalb gehen wir denn hier? Der Fahrweg durch den Wald muß ja viel näher sein.«

»Der Fahrweg?« – Kätti hatte den Kopf gewandt und sprach es in die Luft hinaus: »Es kann wohl sein; ich dachte nicht daran!«

»Aber du warst vorhin doch selbst so eilig!«

»O nein; ich habe Zeit genug.«

»Du bist ein wunderliches Mädchen, Kätti.«

Es dauerte lange, bis sie an die Kate der langen Trina kamen. Das baufällige Häuschen lag schon im tiefen Tannenschatten; aber die Tür war verschlossen, und Wulf Fedders trommelte daran mit beiden Fäusten, ohne daß geöffnet wurde. Als er durch die blinden Fenster hineinzublicken suchte, sprang von drinnen die schwarz und weiß gefleckte Katze gegen die Scheiben und sah ihn mit ihren grünen Augen an. »Brr!« sagte er; »nur der Haushund ist da drinnen.« In demselben Augenblick aber, da er einen Schritt zurücktrat, gewahrte er das gegen die südliche Hausmauer angelehnte Brett, woran auch heute noch eine Anzahl von Tierfellen, mit der Rauchseite nach innen, angeheftet hing. »Kätti!« rief er; »wo bist du, Kätti?«

Sie stand seitwärts unter einer einzelnen Tanne und schien auf das Moor hinauszublicken, das sich hier vor der Hütte der Alten in unerkennbare Ferne hinausstreckte, mit der einen Hand hatte sie über sich einen Ast ergriffen, so daß ihr Köpfchen an dem eigenen Arme ruhte.

Als Wulf Fedders die schlanke Mädchengestalt so fast wie schwebend gegen den schon goldig angehauchten Himmel sah, zögerte er einen Augenblick; dann rief er noch einmal, aber leise, ihren Namen; da wandte sie sich und kam langsam zu ihm.

»Ist das Fidél?« sagte er und hob mit einem abgerissenen Zweige die Rauchseite eines noch blutigen Felles in die Höhe.

Sie hielt ein Weilchen wie gezwungen die Augen darauf gerichtet und schüttelte dann den Kopf.

Er hob noch andere Felle auf. »Ein Iltis und zwei Katzen! Gott weiß, was die Alte mit dem Unzeug anfängt! – Wir können nun nur wieder heimgehen«, setzte er hinzu. »Und hier führt auch der Fußsteig in die Tannen!«

Sie stutzte erst und blickte unsicher vor sich hin; dann ging sie rasch voran.

Als sie eine Weile zwischen den dunkeln Bäumen fortgeschritten waren, ließen sich ganz deutlich seitwärts aus der Tiefe des Waldes Geigentöne hören.

Kätti fuhr sichtlich zusammen.

»Was hast du?« sagte er. »Bist du so schreckhaft heute? Die neuen Buchen werden nicht weit sein; es ist eine Tanzgesellschaft, und dein Sträkelstrakel spielt die Geige!«

Sie antwortete nicht; aber ein Seitensteig führte hier in die entgegengesetzte Richtung, und sie ging eilig darauf vorwärts, als ob sie vor jenen Tönen fliehen müsse. Und bald auch wieder war um sie her nichts anderes vernehmbar als das eintönige Kochen und Weben in den Tannenwipfeln, die der Abendwind bewegte. Er folgte ihr in einiger Entfernung, doch nicht weiter, als daß er um so besser die anmutige Gestalt betrachten konnte; und seine Augen sahen bald nichts anderes als sie. Im Gehen streifte ein überhängender Zweig die rote Schleife aus ihrem Haar; sie hatte es nicht bemerkt; aber er hob sie auf und zeigte sie ihr. »Warte!« sagte er; »ich weiß wohl, wie sie sitzen soll!«

Sie neigte demütig das Haupt und duldete es, daß seine ungeschickten Finger sich mit dem Bande mühten.

»Habe ich es recht gemacht?« frug er leise; noch einen Augenblick ruhte seine Hand auf ihrem Haar.

Sie nickte nur; es kam kein Hauch von ihrem Munde. Dann gingen sie aufs neue weiter; das Rauschen in den Wipfeln hatte aufgehört, es wurde immer stiller um sie her.

Jetzt öffnete sich eine Lichtung, in der das Gold des Abendhimmels auf Hülsen- und Farnkräutern lag, die hier in unberührter Einsamkeit beisammenstanden. »Weißt du denn wirklich, wo wir sind?« sagte Wulf, als Kätti vor ihm in das Gewirre hineinschritt. »Mir ist, als kämen wir niemals mehr aus diesem Wald!«

Ein gellender Schrei antwortete ihm.

»Kätti, liebe Kätti!« Er war im Nu an ihrer Seite.

Vor den Füßen des Mädchens lag eine Schlange, auf deren Rücken das Kainszeichen in dem schwarzen Zickzack deutlich zu erkennen war. Der tellerförmig aufgerollte Leib schien wie am Boden festgeheftet; nur die Muskeln spielten in unablässiger Bewegung, und der flache Kopf mit den glühenden Augen war drohend in die Luft emporgerichtet.

»Da, da!« stammelte Kätti und erhob mühsam wie im Traume ihre Hand.

Ein wütender Biß der Schlange zuckte nach ihr hin; aber Wulf Fedders hatte sie schon auf seinen Arm gehoben und trug sie fort, immer weiter, er wußte selber nicht, wohin; aus dem Tannen- in den Buchenschlag und aus den Buchen endlich an den Rand des Waldes; sie hatte die Arme um seinen Hals geschlungen und ruhte wie ein Kind mit ihrer Wange an der seinen.

Nun ließ er sie sanft zur Erde nieder; allein sie blieb noch mit geschlossenen Augen an ihm ruhen.

»Kätti«, sagte er sanft; »besinne dich, die Gefahr ist jetzt vorüber.«

Sie hob den Kopf und sah ihn an, als seien ihre Gedanken ganz woanders.

»Die Schlange!« sagte er. »Weißt du nicht? Sie hätte dich doch fast gebissen!«

»Ja, ja, die Schlagen!« wiederholte sie und trat von ihm zurück; aber das Wort schien keine Bedeutung mehr für sie zu haben.

»Nicht wahr«, fuhr er fort, »sie ist weit, ganz weit von uns entfernt; du fürchtest sie nun nicht mehr?«

Sie schüttelte den Kopf und sah ihn dennoch angstvoll an.

»Kätti«, rief er bittend, »mach nicht so heimatlose Augen!«

Und da sie noch immer stumm blieb, streckte er in heftiger Bewegung beide Arme ihr entgegen.

Einen Augenblick neigte auch sie sich gegen ihn; dann aber richtete sie sich jäh empor. »Nein, nein«, schrie sie, und ihre kleinen Hände stießen ihn zurück; »ich kann nicht, ich bin falsch gewesen!«

»Falsch? Du, Kätti? Du kannst ja gar nicht falsch sein!«

»Doch«, sagte sie und nickte ein paarmal wie zur Beteuerung ihrer Schuld; »das Weib hat unseren Fidél gar nicht getötet; ich wußte das, denn sie fanden ihn heute in der Trinkgrube neben unserem Garten.«

Wulf Fedders schüttelte den Kopf. »Aber weshalb sind wir dann hier hinausgewandert?«

»Es war eine Gesellschaft aus der Stadt«, entgegnete sie stockend; »sie wollten in unserer Wirtschaft vorfahren; ich sollte es an Sie bestellen.«

»Und das wolltest du nicht?«

»Nein, ich wollte es nicht.«

»Und weshalb?« frug er gespannt.

»Sie schwieg eine Weile; dann sah sie ihn fest mit ihren schwarzen Augensternen an und sagte: »Weil auch die blonde Dame mit in der Gesellschaft ist.«

»Darum also; – die Tochter der Majorin meinst du?« Es klang plötzlich ein kühler Ton aus diesen Worten; die blonde Dame war auf einmal wieder in der Welt.

Da Kätti keine Antwort gab, so schwiegen beide und gingen langsam nebeneinander auf dem Wege hin. Als sie sich dem Tore des Geheges näherten, hörten sie wieder die Geige aus dem Walde tönen. Kättis weiße Zähnchen gruben sich in ihre Lippe; aber Wulf Fedders schritt, als habe er nichts gehört, vorüber.

»Wollen Sie nicht hineingehen?« sagte sie leise. »Sie treffen die Gesellschaft noch beisammen.«

Er schüttelte den Kopf. »Ein andermal, Kätti.« – Und stumm wie vorhin gingen sie auf dem fast dunkeln Wege fort. Als sie das Dorf erreicht hatten, bogen sie von der Straße ab und schritten unten am Flußufer entlang. An der Felstreppe, die zur »Wald- und Wasserfreude« hinaufführte, blieb der Doktor stehen. »Gute Nacht, Kätti!«

»Gute Nacht«, hauchte sie; sie gaben sich nicht die Hände; wie ein gescheuchter Vogel flog sie die Stufen hinauf, bis er sie oben in der Dämmerung verschwinden sah.

– – An diesem Abend saß der Doktor noch lange auf dem großen Stein vor seiner Haustür und blickte auf den Fluß hinaus, der ruhig im Sternenlicht dahinzog; aber aus seinen Wellen wollte heute kein anmutiges Mädchenbild emporsteigen. Vor der nahen Wirklichkeit konnte das Spiel der Phantasie sich nicht entzünden; die nüchternen Gedanken hatten allein jetzt die Gewalt. – –

Wulf Fedders war der Sohn eines höheren Beamten, den bei schon reiferer Jungfräulichkeit eine Dame alten Geschlechts geehelicht hatte; und es geschah wie meist in solchen Ehen: da die Frau nicht umhin konnte, ihres Mannes bürgerlichen Stand zu teilen, so suchte sie wenigstens von der früheren »Exklusivität« noch so viel festzuhalten, als ihre kleinen Hände es vermochten. Die damit durchsetzte Luft des Hauses war auf den Sohn, der seine Mutter nach Verdienst verehrte, nicht ohne Einfluß geblieben; trotz guten Willens wurde es ihm meistens schwer, ja fast unmöglich, den Menschen ohne Rücksicht auf seinen Ursprung oder die ihm angeborene Vergangenheit zu schätzen. So wollte er wohl gern ein bedeutender Rechtslehrer, ein großer Staatsmann werden; aber hätte er dafür der Sohn eines Stallknechts sein und die Jugend eines solchen Kindes als Vorleben mit in den Kauf nehmen müssen, er hätte sich doch sehr bedacht.

Nun saß er in der Einsamkeit der Nacht, in sich erschrocken über die Vorgänge dieses Nachmittages, die mit zudringlicher Deutlichkeit vor seinen Augen standen. Nur Kätti selber hatte ihn zurückgehalten, sich ihr für immer zu geloben; und Wulf Fedders war nicht der Mann, eine deutlich eingegangene Verpflichtung nicht auch mit allen Opfern zu erfüllen. Aber der gefährliche Augenblick war vorüber und konnte niemals wiederkehren. »Hermann Tobias Zippels Schwiegersohn!« Er schüttelte sich ein wenig, wie einstens Kätti vor dem armen Unterlehrer; dann stand er langsam auf und ging in seine Kammer.

An einem der nächsten Tage wurde Kätti von einem Glücksfalle betroffen, den sie freilich für den Augenblick wohl kaum zu schätzen wußte. Zufolge Testaments einer verstorbenen Patin wurde ihr nicht nur ein straffes Beutelchen mit silbernen und goldenen Schaumünzen eingehändigt, es war ihr außerdem eine nicht unansehnliche Summe ausgesetzt, welche zu Herrn Zippels Entrüstung nicht durch ihn als väterlichen Vormund, sondern durch eine dritte Person bis zu ihrer Mündigkeit verwaltet werden sollte.

Und als wäre es noch nicht Glückes genug, so begann der Unterlehrer, der seit seiner erfolglosen Liebeswerbung fortgeblieben war, aufs neue in der »Wald- und Wasserfreude« einzukehren. Da er die sichere Aussicht auf einen guten Schuldienst in der Stadt hatte, so suchte er sich der Tochter des Hauses wiederum mit allerlei Gespräch zu nähern, wobei er allmählich ein ganz munteres und zuversichtliches Wesen angenommen hatte. Als Wulf Fedders einmal darüber zukam, war ihm im ersten Augenblick, als ob ein Dorftölpel in seinen Blumengarten steigen wolle, und schon saß ein überlegenes Wort gegen den jungen Menschen auf seinen Lippen. Aber er besann sich; was kümmerte es ihn? Er wollte ja kein Recht an dieser Blume haben. Er ging fort, und Kätti sah ihm mit großen Augen nach, während die Reden des Schulmeisters wie leeres Wellengeräusch an ihrem Ohr vorübergingen.

Im übrigen wollte der Sonnenschein, der draußen fortdauernd vom Himmel auf die Erde glänzte, in der »Wald- und Wasserfreude« nicht zur Geltung kommen. Der Doktor zeigte sich nur selten oben in der Wirtschaft; wenn er nicht an seiner Arbeit saß, so lief er allein durch

Wald und Feld, oder er war drüben in der Stadt, oft mehrere Tage nacheinander. Herr Zippel fuhr sich mehr als jemals unwirsch durch die Haare; denn von seinen Badarbeitern war ihm die Hälfte fortgelaufen, sei es, daß Herrn Zippels Anweisungen ihnen unausführbar geschienen, sei es, daß, wie hie und da gemunkelt wurde, der Lohn nicht prompt genug gefallen war. Noch unwirscher wurde er, wenn er die Tochter ansah: »Seit du vor lauter Eigensinn nicht mehr hast singen wollen, kommen immer weniger Gäste aus der Stadt; was soll denn darauf werden?« – Es zuckte schmerzlich durch das junge Gesicht; aber sie wußte nichts darauf zu sagen.

Dennoch waren wieder eines Tages Gäste angesagt. Kätti hatte, wie bestellt, den Kaffeetisch in der Veranda hergerichtet; vom Glockenturme schlug es drei, die junge Gesellschaft, welche für diesen Sommer sich zusammengefunden hatte, mußte bald erscheinen. Noch einmal übersah Kätti mit Sorgsamkeit ihr Werk; denn die Bedienung selbst hatte sie der dicken Köchin überwiesen, die eben dabei war, sich in ihren Sonntagsstaat zu werfen. Trotz ihres Vaters Mahnung, sie vermochte es nicht, auch nur zur Aufwartung zwischen diesen Gästen einherzugehen.

Auf ein Geräusch horchte sie hinaus, ob nicht das Rollen der ankommenden Wagen schon vernehmbar sei; aber es war nur der wohlbekannte ungleiche Schritt des kleinen Musikanten, was jetzt von der Anfahrt den Gartensteig entlangkam. Und bald erschien auch Sträkelstrakels dürftige Gestalt auf den Stufen der Veranda; obwohl eine auffallend milde Sonne heut am Himmel stand, trocknete er sich doch mit seinem karierten Schnupftuch die hellen Perlen von der Stirn.

Schon längst, mit dem Instinkt der Liebe, hatte er herausgefunden, weshalb seit nun schon vielen Tagen sein Liebling so seltsam stumm und blaß einherschlich; als er ihr jetzt in das erregte junge Antlitz blickte, dessen Züge heut eine eigentümliche Schärfe zeigten, ergriff er lebhaft ihre beiden Hände: »O Mamsellchen«, sagte er und hob seine grauen Augen in anbetender Entsagung zu ihr auf; »Sie sollten sich das nicht gar zu sehr zu Herzen nehmen; es gibt noch andere, die es ehrlich meinen!«

Sie blickte ihn nur traurig, aber freundlich an: »Ich weiß das, guter Sträkelstrakel; aber ich versteh dich nicht.«

»Wenn ich nur reden dürfte, Mamsellchen!«

»Weshalb denn solltest du nicht reden dürfen?« – Sie horchte noch einmal hinaus; aber es war nichts zu hören.

Sträkelstrakel hatte sich abermals die Stirn getrocknet. »Der Unterlehrer«, sagte er, »er ist kein feiner Herr; aber ich kenne ihn, er ist ein guter Mensch; Sie wissen, Mamsellchen, er versteht auch seine Orgel recht mit Schick zu spielen, und er hat doch nun das schöne Brot dort in der Stadt bekommen – wenn Sie gütigst ihm erlauben wollten, wieder einmal anzufragen!«

Ruhig hatte Kätti ihm zugehört. »Am Ende bist du schon als Freiwerber an mich abgesandt!« sagte sie und lehnte müde das dunkle Köpfchen an eine der Verandasäulen.

Sträkelstrakel wurde sehr verlegen. »O Mamsellchen«, sagte er zögernd; »aber wenn es denn so wäre!«

Sie antwortete nicht; sie hatte sich jählings aufgerichtet. Von der Dorfstraße her kam deutlich das rasche Rollen mehrerer Wagen.

Rasch trat sie auf den kleinen Musikanten zu und legte fest die Hand auf seinen Arm: »Schweig, Sträkelstrakel! Sprich nicht mehr; ich will nichts weiter von dem Narren hören!«

Als er sich umblickte, war sie verschwunden; draußen bei der Anfahrt aber erhob sich das Getöse der ankommenden Gäste, und von der Felstreppe herauf erschien der Doktor, um sie zu begrüßen.

– – Der Nachmittag verging, während Kätti hinter verschlossener Tür in ihrer Kammer saß; als es drunten stiller geworden war, ging sie vorsichtig in das Haus hinab. Der Saal war leer, in der Veranda sah sie zwei ältere Damen beim Pikettspiel sitzen; aber hinter dem Garten, vom Fluß herauf, scholl ein fröhliches Stimmengewirr. Ein paar Augenblicke stand Kätti, den Kopf vorgeneigt und mit verhaltenem Atem, als ob sie aus dem fernen Schall sich einzelne Worte aufzuhaschen mühe; dann, fast wider ihren Willen, schlich sie in den Garten.

Die jugendliche Gesellschaft hatte das größte der beiden Böte losgekettet und war jetzt im Begriff, sich einzuschiffen; der Doktor und die blonde Dame waren die letzten, und eben ergriff sie seine Hand, um einzusteigen. Kätti sah es genau aus ihrem Versteck, und ihre Augen verschlangen alles, was sie sahen. Als das Boot stromaufwärts abgefahren war, blieb sie zuerst in dumpfem Sinnen stehen. Aber nicht lange, so war sie auch zum Fluß hinabgegangen; und bald folgte jenem größeren Boote das zweite, kleinere mit regelmäßigem leisem Ruderschlag; die Schifferin, die es lenkte, verstand es, stets denselben gemessenen Raum

zwischen den beiden Böten innezuhalten. – Was wollte sie? – Sie
wußte es selber nicht; aber ihre Augen hafteten wie gebannt an dem
vollen Nachen, der im Glanz der Abendsonne mit Lachen und Gesang
vor ihr den Strom hinauffuhr.

Weiter oben, an derselben Seite, wo auch das Dorf belegen war, erhob
sich ein mäßig großer Hügel, den, wie eben jetzt, die Gäste der »Wald-
und Wasserfreude« der schönen Aussicht halber aufzusuchen pflegten,
um dann durch Wald und Wiesen wieder heimzukehren. Auch heute
hatte man einen Burschen vorausgeschickt, der später mit dem leeren
Boot zurückzurudern hatte; denn auf dem Hinwege freilich ließen die
jungen Männer es sich nicht nehmen, ihre Damen selbst zu fahren.

Kätti wußte das; es war gewöhnlich so. Und endlich sah sie, wie das
Boot vor ihr an jener Anhöhe landete und wie die Damen unter
Handreichung der Herren an das Ufer sprangen. – Leise hielt sie ihr
Ruder an. Aber was hatte die Gesellschaft dort? Es mußte ein Unfall
geschehen sein; man drängte sich zusammen und schien lebhaft zu
verhandeln. Dann wurde eine von den Damen – Kätti konnte nicht
erkennen, welche – mit Hilfe eines Herrn in das Boot zurückgeführt;
es war augenscheinlich, daß sie hinkte, sie mochte sich den Fuß vertreten haben. Jetzt gingen wieder alle an das Fahrzeug, und aufs neue
schien man hin und her zu reden; die Verletzte schien dankend, aber
heftig abzuwehren. Bei dem Flimmern der Abendsonne sah Kätti alles
wie ein Schattenspiel; jetzt aber gewahrte sie deutlich, wie die Dame,
von dem Arm des Herrn gehoben, in das Boot hinübertrat, wie dieser
sich dann rasch nach einem Ruder bückte und vom Ufer abstieß,
während die übrigen unter Tücherschwenken dem Hügel zugingen.

Kätti fuhr mit der Hand nach ihrem Herzen; sie zweifelte nicht, wer
jene beiden waren, die jetzt selbander den einsamen Strom herabgefah-
ren kamen. Ihr eigenes Boot befand sich eben seitwärts von der Einfahrt
in den kleinen Binsenhafen; jetzt lenkte sie hinüber, und mit eingezogenen Rudern glitt es durch die enge Öffnung. Aus dem rings umschlossenen Raum war es nicht möglich, den Fluß hinaufzusehen; aber nach
der einen Seite standen die Halme weniger dicht, so daß sie das Boot
hineindrängen konnte und von hier aus eine Durchsicht nach dem
Wasser zu gewann. Von drüben trat gleicherweise eine hohe Binsenwand
so nah heran, und die Wasserbahn an dieser Stelle war dadurch so
schmal, daß niemand unerkannt vorüber konnte.

Das Mädchen hatte die Hände über ihre Knie gefaltet und den dunkeln Kopf daraufgelegt; man hätte glauben können, daß sie betete; aber ihr Ohr horchte stromaufwärts in die Ferne, ihre Pulse hämmerten; was sie an Gedanken hatte, ging diesen einen Weg. Und jetzt, jetzt endlich in der ungeheuren Stille erfaßte ihr Ohr das Rauschen eines Ruderschlags. Sie fuhr empor und streckte sich mit dem ganzen Leibe nach jener Richtung, während ihre Hände sich an den Rand des Bootes klammerten. Gierig, als passe sie auf eine Beute, lauschte sie auf das nah und näher tönende Geräusch, das gerade auf sie zuzukommen schien. Allein sie hörte nichts von dem, was sie zu hören dachte: keine Worte, keinen Laut von Menschenlippen! Jetzt aber – es war, als ob die Ruder eingezogen würden, sie vernahm deutlich das Abtropfen des Wassers; und jetzt, vom Strom getragen, glitt draußen das Boot rauschend an ihrer Binsenwand entlang.

Kätti hatte sich aufgerichtet, zitternd bogen ihre Hände die nächsten Halme auseinander; aber, so weit sie ihre Augen öffnete, es ward nicht anders: Wulf Fedders war der Schiffer, das blonde Mädchen lag in seinen Armen. Aber nur noch einen Augenblick, dann fuhr sie jäh empor. »Es lachte jemand!« rief sie und sah sich mit erschreckten Augen um.

Der Doktor ließ sich nicht so leicht beirren. Aufs neue umschlang er seine Braut und küßte sie. »Du träumst«, sagte er zärtlich; »wir sind allein; wer sollte denn auch lachen, daß du mein geworden bist!«

Aber ungesehen hinter der dunkeln Binsenwand war in diesem Augenblick ein verbleichendes junges Antlitz auf den Rand des Bootes hingesunken. – Das Abendrot überglänzte den Himmel und verging, der Tau versilberte das schwarze Haar des schönen Mädchenkopfes, und fern im lichten Blau des Äthers schimmerte der Stern der Liebe. Da erst richtete sich Kätti wieder auf. Lange blickte sie in den milden Glanz des ruhigen Gestirnes; dann betrachtete sie aufmerksam ihre Hände, ihre kleinen Füße; sie löste ihr schönes Haar und ließ es durch die Finger gleiten, bis sich plötzlich ihre Arme streckten und sie mit beiden Händen nach den Rudern griff. »Nur die Wirtstochter!« rief sie. »Die Tochter aus der Wald- und Wasserfreude!« Ein bitteres Lächeln flog um ihren Mund; vielleicht auch hat sie wieder laut gelacht; aber niemand hat es hören können, das Fahrzeug, welches die beiden Glücklichen trug, war längst den Strom hinab.

Der Doktor hatte, wie er der Kühle wegen wohl zu tun pflegte, während dieser Nacht ein Fenster seines Wohnzimmers offengelassen. Als am andern Morgen sein Blick dahin fiel, gewahrte er auf der Fensterbank das französische Diktionär, das Kätti an jenem Morgen so eifrig mit sich fortgenommen hatte. Sie hatte es also schweigend ihm zurückgebracht und wollte es nun nicht mehr gebrauchen.

Da er zögernd das vom Nachttau feuchte Buch in seine Hand nahm, fiel ein Zettel mit Kättis kleiner Schrift heraus:

»Das Beutelchen mit den Gold- und Silbermünzen« – so hatte das rechtsunkundige Kind geschrieben – »nehme ich mit mir, und es braucht daher keiner meinethalben zu sorgen. Aber meine übrigen Erbgelder soll mein Vater haben; nur soll er davon Sträkelstrakel hundert Taler geben. Ich darf wohl hoffen, daß Sie dies für mich besorgen werden.«

Und weiter nichts; der Name »Kätti« stand darunter.

Bestürzt starrte Wulf Fedders auf diese Zeilen; das Lachen, das gestern seine schöne Braut erschreckt hatte, fiel ihm plötzlich schwer aufs Herz. Grübelnd sann er nach, ob er irgendeine Schuld an sich entdecken könne; aber er fand keine. Eine heftige Sehnsucht nach dem Mädchen wallte in ihm auf; aber er sagte sich mit Nachdruck, daß das nur Mitleid sei.

Noch ein paar Augenblicke; dann ging er durch den Garten nach dem Haupthause hinauf, wo er Herrn Zippel, wie zur Reise gerüstet, mit Hut und Stock im Gastzimmer antraf. »Ist Kätti hier?« frug er hastig.

»Kätti?« entgegnete Herr Zippel zerstreut. »Sie wird noch in den Federn liegen!«

»Nein, nein! Sie ist fort!«

»Fort?« Herr Zippel rannte aus der Tür und kam nach ein paar Augenblicken wieder. »Ja, ja! Ihr Bett ist unberührt! Aber weshalb? Warum?«

»Ich weiß es nicht«, erwiderte der Doktor mit etwas unsicherer Stimme; »aber lesen Sie das!«

Herr Zippel nahm ihm den dargebotenen Zettel aus der Hand. »Hm, richtig! Richtig!« rief er, indem er mit ausgespreizten Fingern sich alle Haare in die Höhe zog. »Wieder die alte Dummheit! Aber wissen Sie,

dies da mit dem Gelde, das ist eine neue! Auf das Gekritzel zahlt mir niemand auch nur einen Schilling. Nun, es schadet nichts; leben Sie wohl, Herr Doktor; ich will in die Stadt!«

Der Doktor hielt ihn noch zurück. »Was wollen Sie dort? Wollen Sie es wieder in die Blätter setzen lassen?«

»Wie meinen Sie das? Ja freilich wird es in die Blätter kommen! – Aber meine Kätti ist dennoch ein Genie; sie hat das rechte Teil erwählt; mit diesem Publikum ist nichts zu machen! Glauben Sie, daß die ›Wald- und Wasserfreude‹ existieren kann, wenn keine Gäste kommen? Oder glauben Sie es nicht?« Er sah ein paar Sekunden lang dem Doktor starr ins Angesicht, dann streckte er wie beschwörend seine Hand gegen das Fenster, durch welches man auf die Gartenanlagen und die Trümmer des neuen Wald- und Wiesenwasserbades sah. »Irgendein dummer Esel«, rief er, »welcher nach mir kommt, wird aus meinem Gedanken sich Dukaten prägen; das ist der Lauf der Welt! – Ich gehe aufs Gericht, um meine Insolvenz zu Protokoll zu geben!«

Er erhob stolz den Kopf, und seinen Spazierstock schwingend, schritt er zur Tür hinaus.

– – Einige Tage später saß drüben in der Stadt Wulf Fedders neben seiner hübschen blonden Braut. Sie plauderte schon lange und schien eifriger zu fragen als er zu antworten.

»Und sie ist jetzt zum zweiten Male fortgelaufen?« hub sie aufs neue an.

»Ja, zum zweiten Male.«

»Und ihr habt keine Spur von ihr gefunden, gar keine?«

Er schüttelte den Kopf. »Nicht weiter als bis unten an der Flußmündung, wo auch das Boot gefunden wurde.«

»Du Ärmster, wie hast du dich wohl abgemüht.«

»Du übertreibst, Cäcilie; ich habe mich nicht abgemüht.«

Sie neigte den Kopf und sah ihn von unten auf mit ihren blauen Augen an. »Leugne es nur nicht! Und – weißt du? – wäre es eine andere gewesen, ich hätte eifersüchtig werden können!«

Ein leichtes Rot überflog sein Antlitz.

»Du?« rief sie neckisch drohend und erhob den Finger ihrer weißen Hand.

Wulf Fedders sah sie düster an. »Wollen wir nicht lieber von etwas anderem reden als immer nur von jenem armen Mädchen?«

Die junge Dame strich sich sorgsam ihre Kleider glatt und richtete sich in ihrem Sessel auf. »Weißt du?« sagte sie. »Sie interessierte mich doch; ich wußte nur nicht, wo ich sie hintun sollte; nach dieser Geschichte aber bin ich ganz im reinen! Nicht wahr, sie hatte so ruhelose Augen? Es war ein rechtes Vagabondenangesicht!«

Ein Vierteljahrhundert ist seitdem vergangen. Das Gewese der »Wald- und Wasserfreude« wurde schon derzeit in dem Zippelschen Konkurse von dem früheren Besitzer für seinen ältesten Sohn zurückerworben, und mit diesem ist die alte patriarchalische Bauernwirtschaft, sind die billigen Preise und die Gäste wieder eingezogen. – Vor dem Abnahmehause, drunten am Flußufer, liegt noch immer der große Stein, auf welchem einst Wulf Fedders seine Anwandlung jugendlicher Träumerei überstand. Statt seiner konnte man noch vor wenigen Jahren einen kleinen alten Mann dort sitzen sehen, der bei einer der jetzt in dem Hause wohnenden Arbeiterfamilien von der Gemeinde in die Kost verdungen war. Zuweilen, an milden Sommerabenden, wenn drinnen die Hausbewohner schon zur Ruhe waren und nur die einsame Sternennacht im Flusse widerschien, zogen von dorther klare Geigentöne über Dorf und Anger. Wer noch wach war und aufmerksam hinüberlauschte, hätte wohl einzelne Passagen eines Mozartschen Adagios erkennen mögen; dazwischen tauchte eine sehnsüchtige Melodie empor und verklang und kehrte wieder, bis – oft in später Nacht – das Geigenspiel verstummte.

Drüben aber in der Stadt, in dem Archiv der alten Landvogtei, zu deren Bezirk die einstige »Wald- und Wasserfreude« gehört, liegt unter den Akten über Verschollene ein Heft mit ganz vergilbtem Deckel; es enthält die Verwaltungsnachweise über Kättis Erbgelder, deren Zinsen längst das Kapital verdoppelt haben.

Der gegenwärtige Landvogt ist Wulf Fedders, welcher bald nach seiner Verlobung alle Gedanken an künftigen Gelehrtenruhm mit der sicherer zum häuslichen Herde führenden Beamtenlaufbahn vertauscht hatte. Alle Jahre einmal, bei der Revision der Vormundschaften und Kuratelen, gehen jene Akten durch seine Hände. Dann gedenkt er plötzlich wieder der dunkelfarbigen Kätti und seiner Schülerzeit und jener Tage in der »Wald- und Wasserfreude«. Aber er hat gar viele Akten und zu Hause eine blonde Frau und viele Kinder; bevor er noch den Weg vom Amtslokale nach seiner Wohnung zurückgegangen ist, haben diese Er- innerungen ihn schon längst verlassen.

# Biographie

**1817**    *14. September:* Theodor Storm wird in Husum als Sohn des Advokaten Johann Casimir Storm und seiner Frau Lucie, geb. Woldsen, geboren.

**1826**    Eintritt in die Husumer Gelehrtenschule.

**1833**    Das erste, an seine Jugendliebe gerichtete Gedicht Storms entsteht: »An Emma«.

**1834**    Im Husumer Wochenblatt wird mit »Sängers Abendlied« erstmals ein Gedicht von Storm veröffentlicht.

**1835**    Storm tritt in das Katharineum in Lübeck ein.
Lektüre von Heines »Buch der Lieder«, Werken von Goethe und Eichendorff.

**1836**    Bekanntschaft mit der neunjährigen Bertha von Buchan.

**1837**    Storm immatrikuliert sich an der Universität Kiel zum Jurastudium.
Verlobung mit Emma Kühl.
Storm schreibt Gedichte für Bertha.

**1838**    Auflösung der Verlobung mit Emma.
Wechsel an die Universität Berlin.
Reise nach Dresden.
Veröffentlichung kleinerer Werke in verschiedenen Zeitschriften.

**1839**    Rückkehr nach Kiel.
Beginn der Freundschaft mit Theodor und Tyche Mommsen.

**1842**    Storms Heiratsantrag an Bertha von Buchan wird zurückgewiesen.
Zusammen mit Theodor und Tyche Mommsen sammelt Storm Märchen und Sagen aus Schleswig Holstein.
Er legt in Kiel das Staatsexamen ab.
*Herbst:* Storm kehrt nach Husum zurück.

**1843**    In Husum arbeitet Storm als Anwalt in der Kanzlei seines Vaters.
Storm gründet einen Gesangsverein.
»Liederbuch dreier Freunde« (Gedichte, mit Theodor und Tyche Mommsen).

**1844**    Verlobung mit der Cousine Constanze Esmarch.

**1846**    Heirat mit Constanze Esmarch.

| 1847 | Liebesbeziehung zu Dorothea Jensen. |
|---|---|
| | Storm schreibt eine Reihe von Liebesgedichten. |
| 1848 | Geburt des Sohnes Hans. |
| 1850 | Beginn der Korrespondenz mit Eduard Mörike. |
| 1851 | Geburt des Sohnes Ernst. |
| | »Sommer-Geschichten und Lieder« (Novellen und Gedichte), darin u.a. die 1849 entstandene Novelle »Immensee«, die zu Storms Lebzeiten erfolgreichste seiner Novellen, und »Der kleine Häwelmann«. |
| 1852 | Aus politischen Gründen kann Storm nicht mehr als Anwalt arbeiten und bemüht sich um verschiedene Anstellungen als Richter und im preußischen Justizdienst. |
| | Reise nach Berlin. |
| | »Gedichte«. |
| 1853 | Geburt des Sohnes Karl. |
| | Übersiedlung nach Potsdam, wo Storm preußischer Gerichtsassessor wird. |
| | Bekanntschaft mit den Mitgliedern der literarischen Vereine »Tunnel über der Spree« und »Rütli«, darunter mit Theodor Fontane, Franz Kugler und Adolph Menzel. |
| | Beginn des Briefwechsels mit Paul Heyse (bis 1888). |
| 1854 | Bekanntschaft mit Joseph von Eichendorff. |
| | »Im Sonnenschein« (Novellen). |
| 1855 | Geburt der Tochter Lisbeth. |
| | Reise nach Süddeutschland, Besuch bei Mörike in Stuttgart. |
| | »Ein grünes Blatt« (Novellen). |
| 1856 | Storm zieht nach Heiligenstadt im Eichsfeld um, wo er zum Kreisrichter ernannt wurde. |
| | »Gedichte« (2. vermehrte Auflage). |
| 1857 | »Hinzelmeier« (Novelle). |
| 1858 | »Gedichte« (3. Auflage). |
| 1860 | Geburt der Tochter Lucie. |
| | »In der Sommer-Mondnacht« (Novellen). |
| 1861 | »Drei Novellen«. |
| 1863 | Geburt der Tochter Elsabe. |
| | »Im Schloß« (Novelle). |
| | »Auf der Universität« (Novelle; 1865 unter dem Titel »Lenore« wiederveröffentlicht). |

| 1864 | Storm wird nach dem deutsch-dänischen Krieg zum Landvogt von Husum gewählt und kehrt dorthin zurück. |
| | »Gedichte« (4. vermehrte Auflage). |
| 1865 | Geburt der Tochter Gertrud. Tod Constanzes. |
| | Auf Einladung von Iwan Turgenjew Reise nach Baden Baden. |
| | »Zwei Weihnachtsidyllen« (Novellen). |
| 1866 | Heirat mit Dorothea Jensen. |
| | »Drei Märchen« (1873 wiederveröffentlicht unter dem Titel »Geschichten aus der Tonne«). |
| 1867 | »Von Jenseit des Meeres« (Novelle). |
| 1868 | Geburt der Tochter Friederike. |
| | Storm wird zum Amtsrichter ernannt. |
| | »In St. Jürgen« (Novelle). |
| | »Novellen«. |
| | »Sämtliche Schriften« (19 Bände, 1868–89). |
| 1872 | Reise nach Salzburg und München, wo er Paul Heyse trifft. |
| 1873 | »Zerstreute Kapitel« (Novellen und Gedichte). |
| 1874 | Storm wird zum Oberamtsrichter ernannt. |
| | »Novellen und Gedenkblätter«. |
| 1875 | »Waldwinkel. Pole Poppenspäler« (Novellen). |
| | »Ein stiller Musikant. Psyche. Im Nachbarhause links« (Novellen). |
| 1876 | Reise nach Würzburg. |
| 1877 | »Aquis submersus« (Novelle). |
| | Beginn des Briefwechsels mit Gottfried Keller. |
| 1878 | Aufenthalt in Varel. |
| | »Carsten Curator« (Novelle). |
| | »Neue Novellen«. |
| 1879 | Storm wird Amtsgerichtsrat. |
| 1880 | Pensionierung Storms. |
| | Umsiedlung nach Hademarschen. |
| | »Zur ›Wald- und Wasserfreude‹«. |
| | »Drei neue Novellen«. |
| | »Eckenhof. Im Brauerhause« (Novellen). |
| 1881 | »Der Herr Etatsrath. Die Söhne des Senators« (Novellen). |
| 1883 | »Hans und Heinz Kirch« (Novelle). |
| | »Zwei Novellen«. |
| 1884 | »Zur Chronik von Grieshuus« (Novelle). |

| 1885 | »John Riew'. Ein Fest auf Haderslevhuus« (Novellen). |
|---|---|
| | »Gedichte« (Neue, vermehrte Auflage). |
| 1886 | Aufenthalt in Weimar. |
| | *Oktober:* Schwere Krankheit. |
| | *Dezember:* Tod des Sohnes Hans. |
| 1887 | Reise nach Sylt. |
| | »Bei kleinen Leuten« (Novellen). |
| | »Ein Doppelgänger« (Novelle). |
| | »Bötjer Basch« (Novelle). |
| 1888 | *Januar:* Letzter Aufenthalt in Husum. |
| | *Februar:* Fertigstellung des »Schimmelreiters«. |
| | *April/Mai:* »Der Schimmelreiter« erscheint in der »Deutschen Rundschau« (Buchausgabe im gleichen Jahr). |
| | »Ein Bekenntniß« (Novelle). |
| | »Es waren zwei Königskinder« (Novelle). |
| | *4. Juli:* Tod Storms in Hademarschen. |

Karl-Maria Guth (Hg.)

**Erzählungen aus dem Biedermeier**

HOFENBERG

Karl-Maria Guth (Hg.)

**Erzählungen aus dem Biedermeier II**

HOFENBERG

Karl-Maria Guth (Hg.)

**Erzählungen aus dem Biedermeier III**

HOFENBERG

## Erzählungen aus dem Biedermeier

Biedermeier - das klingt in heutigen Ohren nach langweiligem Spießertum, nach geschmacklosen rosa Teetässchen in Wohnzimmern, die aussehen wie Puppenstuben und in denen es irgendwie nach »Omma« riecht.

Zu Recht. Aber nicht nur.

Biedermeier ist auch die Zeit einer zarten Literatur der Flucht ins Idyll, des Rückzuges ins private Glück und der Tugenden. Die Menschen im Europa nach Napoleon hatten die Nase voll von großen neuen Ideen, das aufstrebende Bürgertum forderte und entwickelte eine eigene Kunst und Kultur für sich, die unabhängig von feudaler Großmannssucht bestehen sollte.

**Georg Büchner** Lenz **Karl Gutzkow** Wally, die Zweiflerin **Annette von Droste-Hülshoff** Die Judenbuche **Friedrich Hebbel** Matteo **Jeremias Gotthelf** Elsi, die seltsame Magd **Georg Weerth** Fragment eines Romans **Franz Grillparzer** Der arme Spielmann **Eduard Mörike** Mozart auf der Reise nach Prag **Berthold Auerbach** Der Viereckig oder die amerikanische Kiste

*ISBN 978-3-8430-1884-5, 444 Seiten, 29,80 €*

### Erzählungen aus dem Biedermeier II

**Annette von Droste-Hülshoff** Ledwina **Franz Grillparzer** Das Kloster bei Sendomir **Friedrich Hebbel** Schnock **Eduard Mörike** Der Schatz **Georg Weerth** Leben und Taten des berühmten Ritters Schnapphahnski **Jeremias Gotthelf** Das Erdbeerimareili **Berthold Auerbach** Lucifer

*ISBN 978-3-8430-1885-2, 440 Seiten, 29,80 €*

### Erzählungen aus dem Biedermeier III

**Eduard Mörike** Lucie Gelmeroth **Annette von Droste-Hülshoff** Westfälische Schilderungen **Annette von Droste-Hülshoff** Bei uns zulande auf dem Lande **Berthold Auerbach** Brosi und Moni **Jeremias Gotthelf** Die schwarze Spinne **Friedrich Hebbel** Anna **Friedrich Hebbel** Die Kuh **Jeremias Gotthelf** Barthli der Korber **Berthold Auerbach** Barfüßele

*ISBN 978-3-8430-1886-9, 452 Seiten, 29,80 €*